Adolphe **MÉTIVIER**

LES

POTEVINS DE D'AUT'FAIT

GRANDE SCÈNE COMIQUE EN QUATRE ACTES

AVEC CHANSONS POITEVINES

DONT QUELQUES-UNES DE L'AUTEUR

Musique de M. L. GIRAUDIAS

PRÉFACE DE M. GASTON DESCHAMPS

HOMME DE LETTRES

CHEVALIER DE LA LÉGION D'HONNEUR

MELLE

IMPRIMERIE DE ED. LACUVE, LIBRAIRE

—

1899

LES

POTEVINS DE D'AUT'FAIT

Adolphe MÉTIVIER

LES

POTEVINS DE D'AUT'FAIT

GRANDE SCÈNE COMIQUE EN QUATRE ACTES

AVEC CHANSONS POITEVINES

DONT QUELQUES-UNES DE L'AUTEUR

Musique de M. L. GIRAUDIAS

PRÉFACE DE M. GASTON DESCHAMPS

HOMME DE LETTRES
CHEVALIER DE LA LÉGION D'HONNEUR

MELLE
IMPRIMERIE DE ED. LACUVE, LIBRAIRE

—

1899

PRÉFACE

Il y a des pays plus imposants que Melle, plus grandioses ou plus illustres. Il n'en est point de plus pittoresque ni de plus gracieux. Nos campagnes sont charmantes. À défaut d'un fleuve majestueux, nous avons une jolie rivière dont le cours flexible s'égare en sinuosités lentes à travers des bouquets de saules et de peupliers. Nos collines verdoyantes arrondissent, sur l'azur d'un ciel tendre, leurs ondulations molles. Les couleurs de notre pays sont douces. Les lignes en sont délicates. C'est un spectacle qui manque un peu de grandeur, mais à qui l'on ne peut dénier les qualités, si françaises, de la gentillesse et de l'agrément. Rien de saillant ; rien qui frappe l'attention ou qui retienne les yeux. Les grandes routes s'allongent à perte de vue, entre deux plates-bandes gazonnées ; et, sur la chaussée blanche, poussiéreuse, on croise, de temps en temps, un troupeau de moutons qu'une bergère pousse en filant sa quenouille, des bœufs nonchalants et graves, deux gendarmes en tournée, ou bien quelque cabriolet de forme antique, abritant sous sa vaste capote, au trot d'une jument pataude, quelque famille de paysans rougeauds et gourds. Un modeste chemin de fer, dit « d'intérêt local », erre nonchalamment à travers la campagne » ; il traîne, de Niort à Ruffec, ses petits wagons souvent vides ; et, pour tuer le temps, il s'arrête, en d'interminables haltes, à des bourgades vaguement entrevues à travers les branches : Aiffres, Prahecq, Mazières, Brioux... Pas de forêts ; des taillis à hauteur d'homme. Pas de futaies, on étête les frênes et les ormeaux dès qu'ils sont d'âge à fournir des fagots, et les malheureux arbres sont tondus et mornes... Pas d'étangs : des flaques d'eau de pluie, ou des mares boueuses où les bêtes viennent boire. Pas de châteaux : des gentilhommières où quelques nobles lignées achèvent de s'étioler. Pas de fleuves : des ruisseaux dont les eaux scintillent au soleil.

Avec tout cela, ce coin de France est charmant. La vallée de la Béronne, surtout, est si avenante, si accorte, que son accueil semble parfois plus doux que les grâces hautaines des sites plus renommés. Les touristes professionnels, les peintres, les photographes et les Mellois eux-mêmes viennent rarement se reposer dans ce paradis de verdure et d'eau claire. Ils ont tort. Tout le long de l'étroite rivière, dont les détours rappellent aux voyageurs lettrés, les fameux caprices du Méandre, les larges prés s'étalent, regorgeant d'herbes nouvelles, et parés de ces fleurs sans parfum, dont les rimeurs trop magnifiques ne parlent jamais, parce qu'elles n'ont pas des noms assez sonores. Au printemps, les peupliers grêles et blancs font frissonner sur l'azur le fin réseau de leurs branches encore dépouillées. Autour des fermes, les jardins et les haies sont enluminés de rose par les pêchers en fleurs et poudrés de blanc par l'aubépine. Parfois, au détour d'un coteau, on entend la mélopée d'un laboureur qui chante en aiguillonnant ses bœufs, et qui s'interrompt pour faire tourner son attelage au bout du sillon.

C'est bien là le paysage sobre, limité, un peu maigre, à portée de la main, qui plaisait aux Français d'autrefois, autant que notre race, amie des idées moyennes et des sentiments raisonnables, s'initiât, à force de courir le monde, au goût de l'étrange et du sublime ; ce décor, peint avec deux ou trois teintes, comme une ancienne miniature, fait songer aux chevaliers, bourgeois, manants, clercs, trouvères et jongleurs, bonnes gens dont l'imagination simple aimait les vergers, les prairies et les minces cours d'eau. On se sent *chez nous*, dans ce cadre « fait à souhait pour le plaisir des yeux. » C'est bien là ce printemps joli que Charles d'Orléans célébrait en ses chansons et auquel retournaient si volontiers, après leur course vers le « Tibre latin », les poètes de la Pléiade. Si vous vous arrêtez quelque temps à l'ombre de cette saussaie, d'où l'on voit poindre, au-dessus des branches, les tourelles de Gagemont, si vous causez avec un de ces paysans dont le patois rappelle encore le langage des fabliaux, vous oublierez un instant le tumulte de l'actualité, les élections prochaines, les ministres nouveaux ou renouvelés, vous aurez une rare sensation d'histoire.

Le patois mellois, un peu rude pour les profanes, a des douceurs non pareilles pour ceux qui, tout jeunes en ont savouré le goût de terroir. Il faut remercier M. Adophe MÉTIVIER, de nous le faire revivre en des scènes vivantes.

D'ailleurs, nous avons à Melle, des coutumes originales, dont il serait dommage de perdre la tradition.

Tarascon a sa tarasque ; Nanterre a ses rosières et ses pompiers ; tous les chefs-lieux d'arrondissement ont leur comice agricole ou leurs concours d'orphéon. Mais, dans toute la France, il n'y a qu'une « bachelerie », et c'est Melle en Poitou qui la possède.

La « bachelerie », c'est la fête des bacheliers, c'est-à-dire des jeunes gens et des jeunes filles qui ne sont pas encore engagés dans les liens du mariage. Aujourd'hui, « bachelier » fait penser à « baccalauréat », et évoque des visions moroses d'examinateurs et d'appariteurs. Dans la langue du moyen-âge et dans le patois exquis du Poitou, ce mot parle d'allégresse adolescente, de beauté printanière et de jeunesse en fleur. Vous vous rappelez sans doute les jolis récits du sire de Joinville : « Quand je revins à ma nef, je mis en ma petite barque un écuyer et moult vaillants bacheliers... » et les menues et enfantines chansons du temps jadis :

L'autr' hier, je chevauchois,
Quand je vis gente bachelette.

Donc les bacheliers et les bachelettes de Melle se réunissent une fois pour célébrer le retour de la saison claire et chaude. Ils mènent des chœurs de danse sur le gazon. Tels, les Athéniens, lorsque l'Acropole recommençait à fleurir, envoyaient leurs plus beaux jeunes gens et leurs plus belles jeunes filles aux rivages parfumés de Délos.

L'histoire de la bachelerie, comme celle de toutes les grandes institutions, se perd dans la nuit des temps. Les érudits locaux se sont efforcés d'en découvrir les origines, et ils n'ont pas manqué de faire remonter la fondation de cette fête jusqu'aux Gaulois. Quelques-uns même ont insinué timidement que, dans ces jeux annuels en l'honneur de la verdure et du soleil, il devait y avoir quelque mythe solaire : car le symbolisme de Kreutzer et de Guigniaut sévit, en province, d'une façon véritablement inquiétante. Ces ingénieuses conjectures n'ont guère éclairci le problème.

Le peuple, qui en sait parfois plus long sur ses propres affaires que toutes les sociétés savantes des départements, raconte que la bachelerie fut instituée, en des temps très anciens, par un vieux garçon qui, enchanté de son célibat, voulut que, chaque année, les jeunes gens et les jeunes filles, encore exempts des « chaînes du mariage », eussent l'occasion de faire la fête en son honneur. Il a légué à la commune une vaste prairie, égayée par des saulaies et des eaux vives ; il décida que ce terrain s'appellerait désormais le Pré-Bachelier, et qu'on y danserait, le jour de la Pentecôte, en souvenir du donateur. En quel temps vivait ce célibataire bienfaisant? Nul ne le sait. Comment s'appelait-il? Mystère. Son nom a disparu, et sa mémoire est restée. Comme certains géants de la fable, il est anonyme, énigmatique et bon. Respectons pieusement son incognito, et honorons cette modestie, si rare chez les hommes riches qui lèguent des sommes à leur ville natale.

Il a existé cependant. Car on peut voir son tombeau dans l'église de Saint-Pierre, à Melle. Sur ce tombeau, il y a une inscription et quatorze vers latins...

Hélas ! la réalité ne répond plus tout-à-fait aux fraîches descriptions de ce petit poème. Sans doute, on nomme tous les ans le roi de la fête, le capitaine-bachelier. Celui-ci choisit, parmi les jeunes filles au clair visage, la reine-bachelière qui sera sa compagne pour quelques jours. Mais la fête n'a plus l'entrain et l'éclat d'autrefois.

Le jour de la Pentecôte, le cortège de la « bachelerie » assiste à une messe solennelle dite en commémoration du Fondateur. La gracieuse bachelière fait la quête au bras du maire. Après quoi, on descend au Pré-Bachelier, et, qu'il pleuve ou qu'il vente, on danse sur l'herbe. Le soir, le cortège se rend en grande pompe à un bal donné dans la salle de la mairie, et, à minuit sonnant, les « autorités » ouvrent le quadrille officiel. Malgré tout, les gens qui ont de l'âge et de l'expérience s'accordent à dire que cette solennité a perdu sa fraîcheur et son charme. Autrefois, les jeunes gens venaient à cheval au Pré-Bachelier, et se disputaient la palme à la course, comme dans un carrousel. Tout le monde était gai. Les visages étaient ouverts et épanouis. On venait, de dix lieues à la ronde, pour voir, près du champ de foire, une délicieuse évocation des amusements d'autrefois : le jeu du baquet, le jeu du tourniquet, le jeu des ciseaux. Tous les villages des environs, Saint-Genard, Pouffonds, Chail, la Barre, Maisonnais, venaient à la ville dans des charrettes bariolées de coiffes blanches, de blouses bleues et de fichus rouges. Les jolies filles de la Mothe-Sainte-Héraye, qui portent encore le hennin d'Agnès Sorrel, souriaient à leurs fiancés sous les tilleuls de la grande place. Pourquoi, maintenant, les visages sont-ils plus moroses, les jeux moins animés, les visiteurs plus rares ? Pourquoi cette fête semble-t-elle mourir de langueur. Un philosophe pourrait attribuer ce fait à des causes générales et à des raisons particulières. D'abord, tout ce qui est local, individuel, tend à disparaître. La centralisation administrative, les chemins de fer, les grands magasins façonnent toutes les villes de France sous un moule ennuyeux et uniforme. Plus de mœurs particulières et originales. Un effort maladroit pour tout faire « à l'instar » de Paris. Plus de costumes, des « complets ». Plus d'auberges où « on loge à pied et à cheval », des « hôtels » nigauds et prétentieux. Pour peu que l'on voyage en France, on constate que les communes françaises ressemblent déplorablement les unes aux autres...

Ces considérations ne sont pas étrangères à la préface d'une œuvre qui fait revivre nos traditions locales et que j'ai parcouru avec intérêt.

M. MÉTIVIER nous fait assister, tout d'abord, à une veillée poitevine, dans une maison de village. Les voisins du père Chauvinet sont réunis autour de son foyer qu'éclaire la lueur vacillante du « chareuil ». Suzon Chauvinelle est là, filant sa quenouille à côté de son amoureux Jacquet Salmont ; puis la Ringearde, sourde comme un pot « dépeu que la chaline renveursit à ras de lé san grou cerisaie et zi cassit ses deux botts » ; puis le bonhomme Francet, qui guérit sa femme Madeluche des maux de ventre « en la fasant bouère dans daus tisanes d'ortiges et daus lumats de l'annaie ». On cause, on rit, on chante. Le « bistreau » remplit les verres, et Francet qui « a-t'ine helle loquence » raconte à son auditoire émerveillé les histoires des grandes batailles d'autrefois, les faits d'armes de « s'n'ancle, in rude gâs si o n'en avait in, bliessai cambé et cambé de feits et thi jameis avait été tué ». Ce récit terminé, les gais refrains se succèdent, lorsqu'un évènement considérable vient interrompre brusquement la réunion. C'est le voisin Gadrut qui entre tout essoufflé, semant l'effroi autour de lui. Il a vu la ganipote, quel malheur !

A cette nouvelle, tout le monde se sauve pendant que Suzon s'évanouit. Nous allons retrouver bientôt la pauvre fille étendue sur son lit, sa mère Catheline penchée près d'elle, mêlant à ses sanglots les plaintes les plus originales et les plus touchantes. Enfin, le médecin arrive, prodigue ses soins à la malade et fait entendre à ceux qui l'entourent de judicieux conseils et de sages exhortations. « Je vous engage, mère Chauvinet, et pour votre bien à tous, à vous débarrasser de ces superstitieuses croyances de sorciers, de bigourgnos, de ganipotes et tous ces racontars de devins qui en font métier pour vivre à vos dépens ».

Au troisième acte, c'est le voyage à Paris du père Salmont, fermier de M. le baron de la Ciraudière. Le père Salmont vient trouver « m'sieu son meître » pour renouveler son bail. Il y a ici des scènes charmantes, spirituelles et prises sur le vif. Il faut voir les embarras, entendre les réflexions du vieux paysan : « Hum! thiau Paris!... les meisans sont hautes quat' faits coume thiés de ché nous... C'est-o dau bias monumonts ça... V'lat ce thi est fait à profit... » Et c'est le père Salmont qui aura le dernier mot quand nous le verrons tout à l'heure discuter avec ténacité les prétentions du baron vantant l'étendue de sa ferme et les produits de son superbe moulin. « Ah! vous appelez ça in moulin, vous, mossieu nout' meître, in méchont moulinet voure les greneuilles crevant de sé en pliène métive. »

La célébration du mariage de Jacquet Salmont avec Suzon Chauvinet devant M. le maire de la commune des Egrinats, termine gaiement — avec une note un peu forcée, il est vrai — cette étude saisissante dans laquelle l'auteur a glissé un intermède pour nous faire apprécier le sort d'une femme de paysan.

Tout cela est vécu, amusant, original. Soyons reconnaissants aux écrivains qui, à l'exemple de M. Adolphe MÉTIVIER, travaillent généreusement et intelligemment à nous rendre la vraie physionomie de la province natale.

GASTON DESCHAMPS.

LA VEILLÉE CHEZ CHAUVINET

LA VEILLÉE POITEVINE

PREMIER ACTE

Une chambre de paysans, avec cheminée, tables, bancs, chareuils [1] suspendus au milieu, lits avec coffres [2] devant, plusieurs chaises, divers intruments de cuisine, chaudières, jalons [3], poêles suspendues aux soliveaux, porte-cuillères, etc.

PERSONNAGES :

1. JACQUET SALMON, amoureux de Suzon ;
2. SUZON CHAUVINELLE, fille de la maison ;
3. CATHELINE CHAUVINELLE, mère ;
4. LOUICHE CHAUVINET, père ;
5. La RINGEARDE, voisine ;
6. Bonhomme FRANCET ;
7. COLICHET ;
8. Le valet (racleur de ronces) ;
9. Un bistreau [4] ;
10. Un voisin (GADRUT) ;
11. Un fantôme.

SCÈNE PREMIÈRE. — *(Lever du rideau)*.

La mère Chauvinet file sa quenouille, le galant et la fille Chauvinet causent à voix basse, assis sur un banc.

CATHELINE CHAUVINELLE   (en filant)

Allans ma feille, allans, preinds ta queneuille.

SUZON

Voueil ma mère, voueil !

CATHELINE

Et allans-danc, voéyans-danc, dépéche te danc...

(Suzon prend sa quenouille et se rapproche du *chareuil*, Jacquet la suit et s'asseoit près d'elle, en lui faisant toutes sortes de taquineries).

CATHELINE

Tu sé bé qu'o preïsse, o l'at bé core thiinzes dozaines de brins sans camptaie les étoupes, et auss'tout qu'o s'ra finit, y frons feire ine belle

(1) Lampe primitive où un petit morceau de coton trempe dans un récipient plein d'huile. — (2) Coffres dits marche-pieds. — (3) Pot au lait. — (4) Petit berger.

peiçaie de toueille pre te feire daux bounes chemises et daux linceaues.
O te sarvirat thieu, ma feille.

JACQUET

C'est bein ine boune affeire ça t'nez, o n'at jameis de trot.

CATHELINE

Vous avez reisan jen'houme, qu'ol est ine boune affeire, coure n'on
se marie et que n'on at rein davant sé, o ne foait ja cliair à la maison,
et coure n'on est bein nippé de jhardes et de toutes manières, ça doune
bein dau courage.

SCÈNE II. — *(Les mêmes).*

LA RINGEARDE (une vieille très sourde, frappe du dehors)

Ol y at bé daux meindes itchi?

CATHELINE

Voueil, voueil, rontrez, rontrez danc boune fame Ringearde.

RINGEARDE

Et qu'mont va-t-o tout le meinde?

CATHELINE

I'o vat bein trejou in p'tit, et vous vouésine?

RINGEARDE

Ah! o vat bé queme o l'est mené, le temps me dure à crevaie toute
soule, y me saie dit o faue qui alle feire veillaie chez les vouésins.

CATHELINE

Et vous avez bein fait, faue v'ni nous veure boune fame, o vous désan-
nuerat; t'nez vl'at ine chaire, assiez v'danc; avaue bé dau feutt dons
voutre chauffe-peds?

RINGEARDE

Oh voueil, l'est bein chaue; i'ai mis in bon vraisaue dedons, avont
de décampaie.

CATHELINE

C'est que vous étez core alarte pre voutre aige.

RINGEARDE

Qu'est-to que vous d'zé?

CATHELINE

I dit que vous étez core bein libre.

RINGEARDE

Ah! poué trejou; le pu malhéreux ol est qui ontonds rein, dépeu que
la chaline renveursit noutre grond cerisaie à ras de mé : o cassit mes deux
botts, et o m'essoreillit [1] d'ine manière qui i'ai trejou odju les òreilles
bouchaies ; o petit in grous cot allez, et o fasit affolaie [2] nout' vache.

---

(1) Essoreillisie (òter le sens de l'ouïe). — (2) Avorter.

CATHELINE

I m'on s'veins bé; o fasait un chaffret épouvontabllé : les éloises me tapiant les œuils à tout cot; i mettit vite la bûche de naue dons le fougeaie; ol l'a décopit bé in poi, et all' s'nallit dans les bois de Feurtevaue.

COLICHET (occupé à réparer la bourgne)

Ah! voueil, all' se n'engit, mais pas sans avaie foait de gronds d'mages. All' ravagit tout le moulin de la famille Jollet. Daus si bans meindes, qu'ol' étoait thieu... O détrevirit toutes les meules là, et le pu fort ol est qu'o prenit le mounaie en route avouec san mulet, et dépeu, n'on les at jameis revut. L'orage les omportit faut creire!... V'lat daus gronds malheus. Ban Diu, sagneur, n'on peut z'ou dire qu'ol est daus bein gronds malheus thieu.

SCÈNE III. — (Les mêmes).

Le bonhomme Francet frappe et ouvre en même temps.

FRANCET

I demonde pas si ol y at daus meindes, i les entonds.

CATHELINE

Ontrez, ontrez.

FRANCET

Bonsoueir à tretous.

CATHELINE

Ieh! bonsoueir boun'houme Francet, et ol est bein nouvea de vous veure itchi à thielle houre.

FRANCET

Ol est bé rai; mais i ne voueit pas le bourgeois itchi, voure est-eil danc li?...

CATHELINE

L'iest poué bein lein... t'nez, i l'ontonds talbotaie; assiaue danc.

FRANCET

I ne saie pas bein las, mais i vaue bé m'assire tout de meime, o foait ban à se chauffaie à thiau tomps; in ban feutt est ine boune compagnaie.

SCÈNE IV.

Chauvinet rentre avec un palisson (1) sous son bras, suivi du bistreau qui tient une lanterne allumée.

CHAUVINET

Ah! Iah! et coument va-to la campagnaie? Ah! et vous, boun'houme Francet?

FRANCET

Et o vat bé trejou in p'tit... joliment meux qu'ol at été.

(1) Palisson (corbeille destinée à mettre la pâte pour la porter au four).

CHAUVINET

Bein !!!

FRANCET

V'naue de charchaie daus lumatts avec thielle lantarne?

CHAUVINET

Ieh! nan. I venons de veure à nos baietes ; i avant ine jemont thi est poulinaie de thiés jous deraies et all' at in bea jiton, otouf, ma foué.

FRANCET

Tont mcux danc, si ol est bein russit ; est-o vout' pécharde?

CHAUVINET

Oh nan, ol est la grousse blionche.

FRANCET

Ol est bé une belle baiete, all' deit avaie de beas froges?

CHAUVINET

Thiaue est bé core d'ine belle av'nonce trejou, et si l'at pas de malheu, dons thiinze mois, o f'rat in bea poulain, allez.

FRANCET

I sait bé qu'all' at coutume d'en avaie daus beas.

CHAUVINET

Vous v'nez pas s'vont nous veure boun'houme Francet?

FRANCET

Ol est in petit trop lein pre v'ni s'vent ; si ol était pas thi ai b'sein de de tan bouessea pre mesuraie daus poumes de teirre, i ne seraie ja venut itchi de saie ; o foait nègre coume dons n'in four tapé, dons thiés chemoins n'on pardrait ses deux botts.

CHAUVINET

Ol est bé rai que le sant ja beas.

CATHELINE

Disez, boun'houme! Et Madeluche est-elle reide, lé, de thiau moument?

FRANCET

Oh! all' est joliment meux ; all' dort bein, all' chemine bein. O n'y at rein que la meingerie... All' at trejou le thiœur vouain ; mais o veindrat!... O m'en at bé foait veure, allez, mais enfin si o dure ol irat.

CATHELINE

Et faut espéraie qu'ol irat, ol est dau freid et dau chaue qu'all' avait attrappai, voueil!

FRANCET

Et sûremont! I li d'sait pretont bé qu'all' attraperait dau maue ; coure all' se n'allait au chomp, là, dès patrou-mlnette, dons thiés égails, dans thiés gelaies blionches.

CATHELINE

All' n'avoait poué reisan, de s'nallaie si d'houre; toutes thiés freichoux li veliant rein.

FRANCET

Vous ou creiyez bé trejou, qu'all' n'avait poué reisan!... Mais les fumelles ol est gâté; o n'écoute poué... pr'ine méchonte chebre, all' n'avait ni peix ni fin. Ol est vrai qu'ol est ine bonne, all' fait daus fre- mages thi sont bein meuilloux que thiés de la Mouthe-Saint-Héraye; all' at trejou trois chebrais et daus beas; et dau lait, et dau lait, all' en at autant qu'm'ine vache; tous les jous i meingeons de la caillounaie tont qui v'lant, i'en prenant dau jabottaie à faire soubraie la boucle de la thiulotte et i peuvant pas vreti, o nous en rechte incore pre toute ine gorounaie de gorets. C'est ine boune chebre!

CHAUVINET

All' ne sant poué coumune coume thielle, all' est bé à cansideraie quond meime.

FRANCET

Pit-eitre bé! mais o n'ompeiche que Madeluche at passai bein praie de détrevirai l'œuil et mé otout.

CATHELINE

Vous tout? I n'en saviant rein, nous autres itchi, ma grond foué damnaie.

FRANCET

Est-o étounant! Toutes les neuts, iétais pre pliace, tout en chemise, poué de canissans, à peds calets, sons bots ni sabarons, i trombliaie coume la feuille, i avant ine meisan qu'ol i fait in freid, in freid, à gelaie dons le coin dau feutt, ol est le cas de z'ou dire: si i n'avaie pat ayu ma mogue pre beire su la routie, i n'arai jameis peyu i accottaie. All' avoait attrappai tchieu dons le chomp dau Grond-Etong, que vous couneussez bé. O f'lait qu'all' se n'engisse dès la petite écliaircie dau jou, avont souleil levé, o fasait ine freichoux, le long de thiés rivères! Ah, dame! o ne la monquit poué; ol li v'nit in roumail su la poitreine, in roumail... ol la mettit à rein... ine fame thi avait tant d'épliet.

CATHELINE

Si vous ayiez été veure meltre Rimbeaue de la Cimalère, in' houme qu'est si adreit, de la manière, le vous arait baillai daus remèdes; le reinge les épales, l'adoube les jombes, le touche les maux de vontre, les enfliures, le gueurnuchon, les jales aux peds, les dérésirivipères et le disant que le couneut tout plien de maladies. Ol est in' houme thi rond de gronds sarvices et thi fait dau bein dons nos endreits: l'at ine gronde renoumaie, allez!

FRANCET

Creiyaue meltreisse qui n'y allit pas? I arrivit chez li in saie à pu praie à thielle houre, i le trouvit othiupai à mettre daus grelets (1) dons

(1) Grelet (grillon des foins).

daus cacliottes de caleas; o me dounit boune opinian de li, i couneussit qu'ol était pat' in sot; le disait ine petite prière dessus thiés cacliottes, et le me dissit qu'ol était pre feire avaie de bans liméros aux canscrits dau village; o f'lait z'ou cachai dons lau poches sons que lau savissiant. Ol y at daus affeires suprenontes, voueil!

CHAUVINET

Thieu est bé rai. Et qu'est-o que le vous ordounit pre Madeluche?

FRANCET

Coure i li oguit cantaie coume ol l'avait pris, et thi li parlit de thiau roumail, dau premé cot le me dissit : boun'houme Francet, vout' fame at la ratte gonfliaie, all' at la ratte gonfliaie ol est sûr, mais i la désonflieront. Vous v'lat ine pouvre nègre, vous li ferez t'in catapliame que vous li mettrez su le vontre, ol la sarpoulerat, mais o n'y foait à rein, et vous li ferez preindre thiau petit pathiet. Après vous la ferez bouère dessus daus tisanes d'ortiges et daus lumats de l'annaie. Dons thiinze jous, si al n'était pas guarie, vous veindrez me z'ou dire. I me rondit, i li fasit thiau catapliame, i li mettit su san paure vontre, i l'onveloppit bein; coure all' sit bein reingeaie, i montit au grenaie cherchaie daus lumats thi avaie mis junai su n'in fagot, et i'allit cherchaie dau ortiges su la chaume, voure all' avait coutume d'en preindre pre feire dau meingi à ses canets et à ses pirons. Coure i r'venit mes bans amits, si vous l'aviez vute, all' quenait, all' virait et all' se boulottait coume si all' avait ayu le déman dons les ontrailles. I creyit bé, thielle feit, qu'ol était finit, thi la reveuraie jameis. — O me sarpoule, qu'all' disait, o me thieut. O li poussit daus bouyolles thi étiant grousses coume daus us et all' se delàgnait, bonnes geons, qu'o me mettait le thiœur dons les talons.

I mettit vite in grous fagot dons le fougeaie, i prenit la grond' chaudère, i fasit bein bouilli, bein bouilli thiés lumats avouec thiés ortiges, coure i veuyit qu'ol était thieut, i'en omplissit la mogue. Ol la fasit bé quenaie allez, pre z'ou avalaie, ses donts étiant si sarraillées qu'all' ne peuvait pas badaie la goule... Savaue qu'ol l'a soulagit in p'tit...

O coumoincit à gargouillaie dons san paure vontre, o gargouillait coume ine vrai rivère. Su le cot de méneut, ça prenit à la donsaie et, sons in moument de repous, all' huchait : A mé le vontre! A mé le vontre! Tout d'in cot : Francet, qu'all' dissit, doune me la moain, doune me la moain. I li dounit la moain, all' d'valit dau lit et o n'a pât été pre rein, allez! Ol li mettit bé san paure pirot beun'aise. Depeu thiau jou all' s'est mise à crachaie et la v'lat beintout refaite...

CATHELINE

Tont meux danc, ol at bé daus affeires thi avant de bein grond' vartus quond meime, allez.

FRANCET

Faut bé creire... bein sûr, qu'o n'avait pât ine plieine clliéraie.

CATHELINE

O ne deit pât eitre bein ban à preindre toutes thiés drogues, voueil?...

FRANCET

Suremont que thieu n'est rein de ban, mais courc n'on est malade, qu'on maleine, n'on bouérait bé su in chat crevé pre se gari... Ol en at bé thi disant que thiés pouvres sant faites avouec daus peas de grapaues thieutes dons la braiese, daus piémonts et daus soteuilles(1) de gorets... N'on ferait bé de tout pre se gari, voueil.

CATHELINE

Thieu est bé rai, n'on fait bé tout ce que n'on peut.

FRANCET

Ma foué, Madeluche s'en est bein trouvaie, trejou. Faut bé dire qu'all' en at été bein recouneussonte. Aussitout qu'all' at peyu marchaie, iavant été chez meitre Rimbeaue. La boune fame li dissit : i saie si cantonte d'être garie, thi veut vous feire un petit présont, et all' li dounit quatre beas fremages et ine plliataie de breiches. O s'rat pre feire daus greisseies à vos petits infonts, qu'all' dissit. Ça li fasit grond plieisi. I'ai bé meingé de l'argeont, mais i n'en saie poué fâchai au jou d'aneut, nan !

CATHELINE

O n'est pas de vous coume dau vouésin S'naue, thi v'lait rein déponsaie pre sa malhéreuse fame.

FRANCET

Coumont... Thiau gas de S'naue... O n'est pas possible trejou ; avoure i'est bé entondu dire qu'ol était ine chétit baiete.

CATHELINE

Ah ! n'on peut z'ou dire. Sa paure fame en at vut de dures avouec li ! Le li causait trejou su la grousse dont ; coure all' était enrhumaie, le li arait pas baillé in liard pre s'achetaie dau sucre nègre... Ine si bounc fame... O m'est avis thi la veut core avouec s'n'épale de couté.

FRANCET

Est-elle mourue?

CATHELINE

Et voueil, all' est mouruc de thiés jous deraies.

FRANCET

Et i n'en avant rein entondu parlaie, et ol at bé été tantout fait de lé.

CATHELINE

Et all' s'rait bé core dau meinde si all' avait été la bein souégnaie ; meis enfin le ban Diu l'at outé de misère...

O faut thi vous au cante à moins, boun'houme Francet. Ol y at piteitre bé thiinze jous, i'appelaie mes poules dons noute cour, i'entondit

(1) Soteuilles (la corne du bout du pied de porc).

qu'ol huchait : S'naue, S'naue... et bé apraie, que le dissit, l'était dons san vregaie que le senait daus feuves...

Sa paure fame li d'sait : tu ne t'émouéye poué si saie feublle, i'ai besein de meingeai ; veins danc me feire ine petite soupe à l'eignon !...

I couneut poué toutes thiés soupes, toutes thiés thiusines, que le dissit, meinge danc de la vionde, o te f'rat refeire, i'avant tuai le goret thiés jous deraies ; uvre le buffet, t'en preindras, ol y at daus boudins, daus grateans, daus feuves à la couanne, tout thieu thi est si ban.

Creiyaue... le v'lit pas se déreingeai in moument, sa paure fame tâchit de se recouchaie, mais c'est qu'apraie all' ne peuvit pu rein bougeai dau lit ; les vouésines li dissiriant : vous feriez pit-eitre bein, boun'houme S'naue, de feire veni le médecin...

Le médecin ? que le dissit, daus gronds meingeoux d'argeont, thi ne couneussant rein ; l'entretenant les maladies pre meux thiuraie les bourses ; et la garira-t-eil meux que la gronde Marjotte thi est venue la touchaie thiinze jous de rang ?

La gronde Marjotte est bé adreite, pusque qu'all' li at rein fait, o faue esseiyai d'autre manière, qu'all' dissiriant, n'on peut pas savaie ce que le peurat li feire. Le se décidit, voueil. Le médecin veingit et l'ordounit de preindre daus bains pre la rafreîchi, sons camptaie tout plein d'affeires qu'o f'lait allai charchaie chez l'apothicaire ; ma foué o ne fasait poué bein san reinge, et le finissit pre ne pu li baillai que daus bains... mais savaue coumont le s'y prenit ?

FRANCET

Et qu'mont thieu ?

CATHELINE

L'allit cherchaie ine thiube, le l'omplissit d'aive de gouttère, le la mettit devant san lit. Allans, que le dissit, foure te tchi d'dons. All' y mettit san bout de péd : Oh ! S'naue, ol est freid, qu'all dicit, ol' est freid... All' coumoincit à trombllaie... Tu sais bé qu'o faue que tu te bagne pre gari. Allans, allans, sauce-te tchi dedons, à moains. All' remettit bé core sa jombe : Et i ne peut pas, i ne peut pas, ol est freid, ol est trop freid... Mais tu sait bé qu'oll' est pre te rafreîchi que le médecin o z'at dit... Ah voueil ! tu vaux pas té ? et bé i m'en vat te coulaie dedons, mé, ta... et le la cliaquit in cot dons thielle aive thi était freide coume dau glias. Emaginaue si thielle paure boune fame ol li copit la respiratian ; les donts li petiant d'ine force... le la creiyit pardue... Le coumoincit à huchaie : ma boune fame thi cllieut de l'œuil, venez vite, les vouésines, venez vite !

I couririant tretoutes les vouésines et coure i veuyiriant thielle paure veille thi était reide coume in pithiet dons thielle aive, all' ne fasait pas signe de vie...

I fasirant in grous feutt pre la réchauffai, all' revenit in petit.

Chauffez danc son lit, qui dissit... S'naue prenit sa gronde poile, le mettit de la vreîze dedons que le couvrit d'in pliat, et pousse et tire dons thiau lit, de dreite et de gauche, vite, vite, i la couchiriant, et sons ceisse les donts li petiant qu'all' n'étoait pas core revenue...

Si vous aviez in verre de thieuque chouse, ol' la remettrait pit-eitre bé ; S'naue jeindit sa bouteille, l'en veursit la meité d'in verre... Ta, bouet thieu, que le dissit, o te remettrat, et incessammont qu'all' ne peuvait pas respiraie.

Preind z'ou danc, ol' est de thielle boune aliqueur de cassit, tu sais bé !

All' v'lait bé causaic, mais all' ne peuvait pas...

PLUSIEURS VEILLEURS

Est-o étounant, thielle aive freide li avait gliaçai les songs.

CATHELINE (continue)

En vaue-tu à moins ? que le dissit. — T'en vaue pas ? Tu dis que nan ? Et bé ta ! — Et le z'ou avalit voueil...

FRANCET

Thiau vieux groumond ! I araie aimé meux ne jameis bouère d'aliqueur...

CHAUVINET

Ma foué S'naue, c'est que le z'ou aime li, thiés aliqueurs. Le sangeait qu'ol li ferait pu grond bein qu'à sa veille thi était pardue.

FRANCET

Est-o daus affeires, thieu. Ol' est étounant coumme o ne l'a pas tuaie su le cot, à moins !

CATHELINE

O ne tarzit pas, boun'houme Froncet : le londemoain matin i'allit y veure ; coure i la veuyit coume all' s'était reingeaie, qu'all' s'était viraie et reviraie dans thian lit que l'avait charbouné avouec sa peïle graissouse, all' était nègre dépeu les peds jusqu'à la cime de la teite, on ne li veuyait rein que le blionc daus œuils. All' ressombliait à un vrai diabliotan, ol était à feire paue.

Et bé boun'houme, qui dissit, coumont a-t-o été.

Ma foué, all' est outrepassée de tout content que le dissit. Ol était beun' aisai à veure qu'all' ne s'en ref'rait ja ; o vaue meux qu'o sège tout d'abord que pu tard. All' m'araie bé meingeai toute ma goulaie d'argeont, et c'est que o ne m'en rechte pu guière otout !

FRANCET

L'avait guière de thiœur voueil !

CATHELINE

L'avait in thiœur dur coume ine peirre... Ah ! le ban Diu li at fait ine boune grâce allez, à thielle paure S'naude.

PLUSIEURS VEILLEURS

Ol est bé vrei... Ah ! bein sûr la paur' malhureuse.

CHAUVINET

Veuyans, disez danc, boun'houme Francet, avouec tous thiés compli-
monts, i bouèriant bé in cot, voueil; avaue pas la gorge seiche ?

FRANCET

Et i bouèriant bé in p'tit cot.

CHAUVINET

Allans, bistreau, allume la lontarne.

LE BISTREAU

Voueil, borgeois, tout de suite.

CHAUVINET

Dis danc Catheline, voure est-o la grond piche ?

CATHELINE

Et all' est de l'autre couté, su le vaisselaie.

SCÈNE V. — *(Les mêmes moins Chauvinet et le bistreau).*

FRANCET

Vous fasez trejou marchai thiés fuzeâs, vous autres, les fames ?

CATHELINE

Et trejou in p'tit, faue bé les feire marchaie voueil, le marcheriant pas
tout souls.

FRANCET

V'la ce qu'ol' est, quond n'on at daus feilles à mariaie, faut bé les nippaie, feire leu troussai.

Qu'eul' aige a-t-elle vout' feille ?

CATHELINE

Ma foué, all' arat dix-neuf ons à la Saint-Michea.

FRANCET

Ol est ine fameuse luroune, ma foué, all' at de l'afougeail.

CATHELINE

Ah ! Diu marci, all' est bein avontageaie pre soun' aige.

FRANCET

Et all' est bé boune à mariai avoure, pas vrai feille ?

SUZON   (en riant)

Ah ! boun'houme Francet ! man tour veindrat bé mé otout, allez...

FRANCET

Et bein sûr, que le veindrat, et le s'rat tantout rondu otout ; i'ai bé
vut thiau jen'houme d'aut'fait, itchi : toun' amoureux, mais i ne me
souveins rein de li...

SCÈNE VI. — *(Les mêmes)*.

Chauvinet et le bistreau entrent.

CHAUVINET

Coumont, boun'houme Francet, vous couneussez pas Jacquet, danc?

FRANCET

Jacquet...... Jacquet dau moulin?

JACQUET (l'amoureux)

Vous ne me reconnaissez pas bonhomme Francet; vous avez pourtant fait des fagots à la maison.

FRANCET

Et man cher infont!... I te recouneut bé avoure... Ol y at thieuques jous de thieu, ta, thi fasiant thiés fagots! T'étais poué si grous mossieu qu'avoure, ta... t'as bein profitai, ma foué, i'étaic lein de creire que t'étaie thiau lang, i te crayaie au sarvice.

CHAUVINET (verse à boire)

T'nez, boun'houme, attrappai thielle mogue... allans, jen'houme, approche... tretous, allans, fasou de palissans, à tan tour... et vous autres, les fames.. rein qu'in p'tit, veuyans... et té, bistreau, ta, bouet ine guillaie té otout.

(Ils trinquent.)

FRANCET

Ah ja! o fait pu grond bein qu'in cot de ped pre le darre, thieu t'nez... et vous autres, les fames, o vous reige bein, o vous fait mouillai in p'tit...

LES FEMMES (satisfaction)

Voueil! vous avez raisau, o ne fait pas de maue thieu t'nez... c'est qu'ol asseuche la potreine thiés fileries...

FRANCET

Dis danc, Jacquet, coure es-tu à bout de tan sarvice avoure?...

JACQUET

Croyez-vous qu'il n'était pas temps, depuis sept ans que j'avons quitté le pays?...

FRANCET

Ma foué, moun' amit, i creit bé que thieu ne te dépliait poué!... Apraie, o ne t'at poué fait de maue... t'as appris à causaie pointu coume in vrai mossieu...

JACQUET

Je sommes bien plus fort que j'étions... d'abord, au régiment, j'apprenons bien des affaires... on nous fait turbiner là-bas... et je vous promettons bien que c'est dur, allez, le métier mélitaire...

FRANCET

Dur ?... Et qu'est-o qu'oll' est en comparaison de ce qu'oll' était d'aut' fait, que le se battiant jou et neût sons jameis s'arrêtaie...

Défunt moun' ancle, thi a fait thiinze ons de sarvice et thi at été à toutes thiés batailles... le me z'ou at cantai tout plien de feits...

A la gronde bataille de Montjarron et dons les pliane de Vaubalaie, thielle forte bataille... de la manière o chauffait raide thielle jornaie...

Mais m'n'ancle, qui était in' houme d'ine corporance, d'ine taille coume o n'avait guière, in rude gas si o n'avait in, l'avait été bliessai cambé et cambé de feits... eh bé, jameis l'avait été tué... mais thielle feit l'en passit bé bein praie... Ol était li thi portait l'étondard, l'était trejou davont... Tout d'in cot, ol i arrivit in boulet de canan rouge en pliène potreine : ça li partagit la boussige en quatre... l'était bé fort, mais ol le couchit voueil... Que fasit-eil... le prenit ses nouettes de guiètres avouec son mouchenaie de poche... le retincllit ses boiyeas coume le peuvit, le se relevit, le ramassit soun' étondard... En avont !... En avont ! que le dissit... Ça ranimit l'armaie... le refonciriant su l'ennemi que de pu belle... et tappe, tappe, de droite et de gauche... le gagniriant la bataille boingre... Ol est thieu thi était daus pirot, o ne s'en fait pu de meime au jou d'aneut...

CHAUVINET

Le méritait bé d'eitre médaillé.

FRANCET

Ah ! le z'ou at été. Aussitout que le coumoindant ou savit, l'allit le treuvaie et le le décorit su le chomp de bataille...

CHAUVINET

C'est ça thi était in bel houneur !

FRANCET

Ma foué voueil, ol était in bel houneur. Savaue, que l'avait travarsé tous les pays ! Dons les mers, dons les aives, dons les plianes, pretout... Et coure le revenit l'était core bein d'aplion ; le faisait les métives et les fauches coume si rein n'avait été. L'avait souessante-dix-neuf ons qu'ol avait chut de luron prc li feire le tour, voueil !... Et coure le mourguit l'avait quatre-vingt-dix-sept ons ; v'lat in bel aige !...

CHAUVINET

Ah ! i irant bé nous autres otout, si i ne nous arreitans pât en chemoin...

FRANCET

Voueil bé, pit-eitre ; ma foué, faut poué songeai à mouri...

CHAUVINET

Bein sûr !... bouévans danc in' autre cot à moins, t'nez... appraie, vous nous chonterez ine p'tite chonsan : o nous égaierat in p'tit.

(Chauvinet verse à boire.)

A vous le premai, boun'houme Francet.

FRANCET

Là, là, pas si châ p'tit.

CHAUVINET

O vous dounerat de la voix, thieu, t'nez...

FRANCET

Hum ! i' ai bé vut, d'aut'fait, thi m'on tiraie core in p'tit, mais avoure o n'est pu rein : i n'ai pu de vezan...

CATHELINE

Oh ! si fait bé, boun'houme Francet, vous avez core ine belle loquence, i me rappeule au bourlot chez los Carpaue, que vous chontiriez ine chonsan, là, thi fasait sounai les chaudrans...

FRANCET

Fasez-danc chontaie la boune fame Ringearde, là, t'nez ; i'ai vut que dons sa p'tite jenesse, all' fasait petaie sa gorge coume in vrei rouss'gnaue...

CATHELINE

Faut thi la fasaut chontaie...

Boune fame Ringearde !... Boune fame Ringearde !... Ieh ! boune fame Ringearde !..

RINGEARDE   (la sourde)

Qu'est-o que vous v'lez ?

CATHELINE

Chontez danc ine p'tite chonsan...

RINGEARDE

Et i ne m'on s'veins pu...

CATHELINE

Fait bé, vous vous en rappeulerez bé core ; allans, allans, coùmoincez.

RINGEARDE

I sait pas si m'on s'vindrai bé...

CATHELINE

Oh ! que si o vous revindrat, i vous aiderai in p'tit, allan...

RINGEARDE   (elle commence à chanter)

I va bé esseyai apparamont.

JE ROULE ET JE DÉROULE

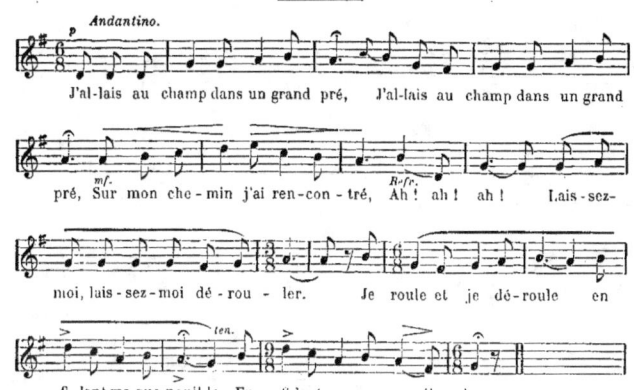

Andantino.

J'al-lais au champ dans un grand pré, J'al-lais au champ dans un grand pré, Sur mon che-min j'ai ren-con-tré, Ah! ah! ah! Lais-sez-moi, lais-sez-moi dé-rou-ler. Je roule et je dé-roule en fi-lant ma que-nouil-le. En fi-lant ma que-nouil-le.

II

Su mon chemin j'ai rencontré (bis)
Un garçan bein à man gré.

III

Un garçan bein à man gré (bis)
Près de moi s'est approché.

IV

Près de moi s'est approché (bis)
M'a dit belle je t'ai trouvé.

V

M'a dit belle je t'ai trouvé (bis)
Tout à ras le bord dau foussé.

VI

Tout à ras le bord dau foussé (bis)
Le me dissit i veudrait bé.

VII

Le me dissit i veudrait bé (bis)
I veudrait bé te bigé.

VIII

I veudrait bé te bigé (bis)
Charmonte vaux-tu te marié.

REFRAIN.

Ah! ah! ah! j'ai tant filé, tourné, roulé,
J'ai fini ma quenouille (bis).   [déroulé
                    A. MÉTIVIER.

CATHELINE
Vous y allez core bein boune fame.

RINGEARDE
Ah! i'ai bé vut, dons man tomps thi ne me fasaie ja priaie.

CATHELINE
Allans, jenesse à vous autres, chontez nous thieuque chouse!...

SUZON
Chontaue, ma mère, i chonterai apraie, mé...

CATHELINE
Allans! i vat en dire ine mé otout...

LA BELLE DE CLLIÉRAMBEAUE

Mazurka
mf.

Vers chez nous n'on' croi-rait pas qu'il y a de jo-li' fil-les,

C'est dans le vil-lag' pu hâut, Où res-te la bell' u-ni-que,

Refr. Cha-cun la noum' à sa fa-çon, Li-za, la Li-ze, la bel-le de Cllié-

a tempo rou, Et toutl'mond'verschez nous l'app'lons la bell' feuill' à Li-zou, et

dans l'vil-lag' pu hâue, La bell' Li-zett' de Cllié-ram-beaue.

II	**IV**
Faut la venre à thiés ballades,	A l'entondre dons le village,
Avouec son bea coueffi	All' ne mauque pas d'boun' amis,
Trejou debout à la meime pliace	Mais all' ne vaue pas le mariage
Badai la goule à pliaisi.	Pr'elle l'sant pas assez jolis.
III	**V**
All' n'aime ja ses camarades,	Si bein qu'avouec toutes ses grimaces
De z'elles all' n'en fait meinpris	All' n'trouverat pas in mari.
All' se creit la pu belle femme,	Si vous aimez le mariage.
La pu belle dau pays.	Les feilles n'imitez pas thielle-tchi.
	A. MÉTIVIER.

FRANCET

Vous chontez core bein métreisse.

CATHELINE

Ah ! i fait bé ce thi peut pre z'ou mettre en train... vous n'en direz bé ine trejou, boun'houme Francet.

FRANCET

Laissans danc chantai thielle jenesse; i tâcherai bé dan dire ine apraie... O faut que voutre feille nous en dise ine. Allans feille, o m'est avis que tu deit bein chontaie...

SUZON

Ah ! boun'houme Francet, pre vous feire pliaisi, i vat vous en dire ine...

FRANCET

Voueil, i t'écoute.

LA FIANCÉE

J'ai bé dau ca-ma-ra-des, d'aus-si bel·les que mé ; Quant i'al-lions nous prom'-né,

l'di-monche à la bal-la-de, j'on bé as-su-ré-mont cha-cune un bea ga-lant.

II

De thiau qui m'accompagne
Va vous feire le pourtrait (bis)
L'est raide coume in pithiet
La mine émeurliaudaie
Le marche en se beurçant
L'est rouge coume dau sang.

III

L'a bé la goule fendue
Jusque dare le cagouet (bis)
Le s'mouche avouec ses deigts
Et quant l'éternue
Le fait petaie son naie
Coume le fouet d'nout' mounaie.

IV

L'est adret coume in singe
Le fait tout ce que le vaue (bis)
L'annaie derrère pre Naue
Le chontait dons l'église
Le disait dau lapouin
Que l'diable n'y comprenait rein.

V

Le n'at poué de malice
Pas pu qu'in p'tit moutan (bis)
l'en a chut dans le cantan
Feire si bein man caprice
Que thiau cher boun' amit
Que man thiœur choisissit.

CATHELINE

Veuyans Jacquet, à tan tour.

FRANCET

J'aime bein entondre chontaie mé, o m'est avis qu'o me rajen'zit, allans Jacquet, dit thieuque chouse.

JACQUET (il se lève, tousse et commence à chanter)

EN M'Y PROMENANT

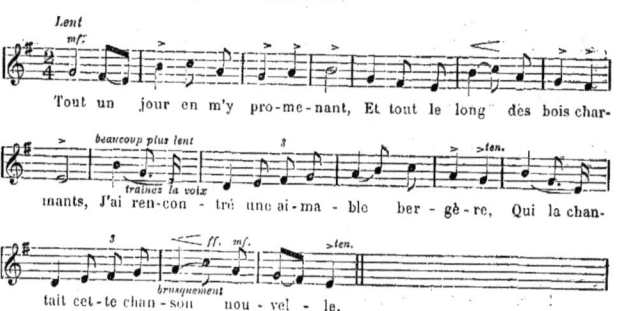

Tout un jour en m'y pro-me-nant, Et tout le long dès bois char-
mants, J'ai ren-con - tré une ai-ma - ble ber-gè - re, Qui la chantait cet-te chan - son nou - vel - le.

II

Et tant de loin qu'elle m'at aperçut
Son petit thiœur n'y chantait plus.
Chantez, chantez, mon aimable bergère,
Répétez-la, votre chanson nouvelle.

III

Et de chanter, je saurais chanter
Car je suis seule dans ces verts prés
Dans ces verts prés et dans ces verts bo-
                                    [cages
Que j'ai grand peur que le loue m'y fasse
                                    [outrage.

IV

Allons la belle si tu veux
Nous les passerons les bois tous deux.
Dans ces grands bois, ces bois, ces verts
                                    [bocages,
Nous reposerons le plaisir à l'ombrage.

V

Mon bon mossieu qui coupez les bois
Et coupez-les tout autour de moi.
Ni coupez pas les boutons de ma treille,
Vous en boirez du vin de ma bouteille.

VI

Dans mon chemin je rencontrais
Un vigneron qui labourait
Ah ! vigneron, laboureur de tes terres,
Y planterais-tu des vignes de ma terre.

VII

Et tous ceux-là qui en planterons
De ce bon vin ils en boiront
De ce bon vin qui brille dans nos verres,
Qui fait tomber les hommes dessus terre.

VIII

Buvons un coup, buvons en deux
A la santé de ces amoureux
A la santé de nos jolies maîtresses
Sans oublier celle que mon cœur aime...

LES VEILLEURS

Le chonte bein, voueil !
N'on peut z'ou dire que le chonte bein...

CHAUVINET

A man tour... I vat vous chontaie la chonsan de mon grond-père,
mé t'nez...

3

L'ANE ET LE LOUP

Allegretto
mf.

Chez nous i'a-vions in' âne qu'é-tait poué pa - res - soux, qu'é-

tait poué pa - res - soux. De grond ma - tin se le-ve sons trom-pett' ni tom-

Refr.
fp.

bour. Que t'es - tu le-vai fei-re noutr' âne a-vont le jou? que

fp.

t'es-tu le-vai fei-re noutr' âne a-vont le jou?

II

Dans son chemin rencantre — le rencantrit in louc (bis)
Le louc dissit à l'âne, voure vas-tu danc tous sous.

III

Et i m'en vat tout dreit — au bois de Taillecourt (bis)
O fait bein ban à peitre le matin à la fraîchou.

IV

O faut qui t'accompagne — en attendant le jou (bis)
Veins danc, veins danc paur' âne, i t'ferez peté les ous.

V

Le paur' âne était en peine — et le dissit au louc (bis)
Va danc dons le teit aux ouailles tu trouveras mellioux.

VI

Le louc à pardre haleine — prond ses jombes à son cou (bis)
Noutre âne l'échappit belle et le rev'nit chez nous.

A. MÉTIVIER.

CATHELINE

Allans boun'houme Francet à vout' tour.

FRANCET

Avont, o faut que le boun'houme Colichet nous chonte sa préféraie...
pas vrei boun'houme...

COLICHET

Ah ! iou vaut bé les meindes...

LE GARÇAN COUTURAIE

Chez nous i'é-tions trois frè-res, Trois gar-çons cou-tu-raie, Moi

j'al-lais veur' les feil-les d'au bourg de Jo-li-vé. Et bouin-gre, Et

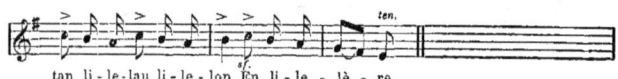

tan li-le-lau li-le-lon. En li-le-lè-re.

II
Mouai j'allai veure les feilles dau bourg de Jolivé
I ne trouvit que la veille dans le couin de son fougé.

III
I ne trouvit que la veille au coin de san fougé
A me dicit jeun' houme, v'naue thi pre vous chauffé.

IV
A me dissit jeun' houme, v'naue thi pre vous chauffé
I n'sé poué venu veille ithi pre me chauffé.

V
I n'sé poué venu veille itchi pre me chauffé
Pre veure vout' feille aînaie si vous v'lez me la douné.

VI
Pre veuré vout' feille aînale si vous v'lé me la douné
Ma feille all' n'est poué faite pr' in garçan couturé

VII
Ma feille all' n'est poué faite pr' in garçan couturé
Ainsi mon paur' jeun' houme peuvez vous en retourné.

VIII
Ainsi man paur' jeun' houme peuvez vous en retourné
Le jeun' houme s'en retourne regrettant son métié.

IX
Le jeun' houme s'en retourne regrettant son métié,
Ah ! voui sons thielle couture, i s'rait bé marié.

X
Ah ! voui sons thielle couture, i s'rait bé marié.
Avec la pus jolie feille dau bourg de Jolivé.

XI
Avec la pus jolie feille dau bourg de Jolivé
All' at la pire torse et le jabot de couté.

XII
All' at la pire torse et le jabot de couté
Et all' gonfle de l'échine coume in grous chat couroussé.

A. Métiv[r].

FRANCET

Ol est ça thi est hein appoué, père Colichet...

Veuyans, o faut thi m'y mette mé otout, mais i sait pas si m'en s'veindrai bé d'in bout à l'autre.

CHAUVINET

O que si boun'houme Francet, vous avez in ban mimouère.

CATHELINE

O voueil l'en at in ban mémouère.

FRANCET

I va vous chontaie *Je me suit engagé.*

JE ME SUIT ENGAGÉ

Je me suit en-ga-gé pour l'a-mour d'u-ne bru-ne, Je bru-ne,

C'nest pas pour l'an-neau d'or Qu'el-le porte en - cor; C'est pour un doux bai-

ser, Qu'ell'm'y a re - fu - sé.

II

Tout en chemin faisant, trouvit mon capitaine (bis)
Mon capitaine me dit : où vas-tu Sans Souci ?
Veins danc dons thiés vallons rejoindre tan régiment (bis).

III

Là-bas dons thiés vallons, ol y at ine fontaine (bis)
Mettit mon habit bas, mon sabre au bout de mon bras
Et je me battis là coume in vaillant soldat (bis).

IV

Au premé cot portant, je tuit man capitaine (bis)
Man capitaine est mort et moi je vit encor.
Avant que ce soit trois jours, ça serat à man tour (bis).

APPARITION DE LA GANIPOTTE

V

Soldats de mon pays, ne le dites pas à ma mère (bis)
Ah ! dites lui plus tôt que je suit à Bordeaux
Sur in navire anglais qu'a ne m'y verra jamais (bis).

VI

Et quand je serai mort, je veux que l'on m'enterre (bis)
Là-bas dans thiés verts prés, dessous thiés verts ciprés
Porté par mes amis thi sont là réunis (bis).

VII

Je veux qu'on mette man thiœur, dons ine sarviette blianche (bis)
Et qu'on le remette à ma mie
All' se souveindra toujours de nos chères amours (bis).

SCÈNE VII. — *(Pendant la veillée.)*

Le voisin Gadrut rentre vivement, sans frapper, et tout essoufflé.

GADRUT

Euch !... euch !... à l'eide !... à l'eide !... les vouésins... i sant tretous parduts !...

LES VEILLEURS

Et qu'a-t-o père Gadrut? Qu'a-t-o?

GADRUT

Euch !... euch !... ine ganipotte...

PLUSIEURS

Ine ganipotte?...

GADRUT

Euch !... et voueil... euch !... et voueil...

O fait in brut, in brut, ol at arrêtai les fames de [filaie à la meison, et ol fait sautaie toutes nous baietes dons l'éthiurie ; all' sant tretoutes pre pliace... les bus mournant, les j'monts rechanant, et ol les fait moufliaie coume si all' étiant onrageaies... le grond chevaue Mallet et la gronde mule varte sant échappés, le s'en allant coume si le cinq cent millions dau diablle les emportait dau couté de Feurtevaue... euch !... Ol at fait montre le grond coq sur le cliochetan, le chonte que de pu belle...

Et o v'nit core l'autre saie, o fasait in carnage qu'ol at fait tort à la vache ; all' ne dort pus, all' ne meinge pus, et coure all' est à l'ar all' se couche, et o fasit montre noutre chein Lunet de rethiulon dons le plionchet, boingre... Vite, avaue pas daus fousails, thi z'ou chassant.

JACQUET (l'amoureux)

Moi, je prendrons le fusil, je m'en charge moi...

PLUSIEURS

Ah ! man Diu, est-o possiblle... Ol o f'rat pit-eitre émaliçaie...

GADRUT

O renveurse tous les paillés, les cheins jappant de tous les coutés...
T'nez... les entendaues ?...

Tout le monde écoute inquiet et effaré... dans les coulisses les chiens aboient.

Tout à coup un grand fantôme se dresse à une fenêtre.

Tout le monde s'épouvante et pousse les hauts cris.

Ah ! la v'la, ol est ine bigourgne ! Mettez de la saue (sel) dons le
feut, dounez de l'aive bénite *(la bonne femme fait le signe de la croix)*,
doune la courge, preinds la palette, sauve-te, ma feille, foure-te sous
l'lit, ma feille aimaie...

Suzon en reste comme évanouie... on se cache dans la bourgne, sous le lit, dans
le coffre, etc., etc.

La Ringearde se lève brusquement et tombe dans la mêlée...

FIN DU PREMIER ACTE.

L'ENSORCELÉE

DEUXIÈME ACTE

PERSONNAGES :

1. CATHELINE CHAUVINELLE, mère;
2. SUZON CHAUVINELLE, fille;
3. La tante PAPOTTE;
4. JOSEPH, le bourrelier;
5. URGON, médecin;
6. LOUICHE CHAUVINET, père;
7. SALMON, grand-père de Jacquet;
8. Les valets.

SCÈNE PREMIÈRE. — *(Lever du rideau)*.

Chez la mère Chauvinet; la visite de la tante Papotte.

LA TANTE   (du dehors)

T'es bé itchi Chauvinelle ?

CATHELINE

Ah! voueil bé, ta.. et ol est ma tonte... et coumont va-t-o ?

Elles s'embrassent.

LA TANTE

Ah! i chemine bé trejou in p'tit en peine prenant, et té, coumont es-tu ?...

CATHELINE

Et mé, i'ai bé trejou de bounes jombes, hureusement... et moun' ancle, li... at-eil core ses érhumatisses ?

LA TANTE

Oh! dépeu que le s'est fait touchaie, l'est jolimont meux va...

CATHELINE

Allans, allans, l'en veut bé, li otout...

LA TANTE

Ah! l'en veut, l'en at bé sa part va... Et Suzon, allans-nous la mariaie, beintout?

CATHELINE

Suzon coumoince à repreindre soun' appian; all' at bein déjuné à matin, i'avant fournéyai, all' at meingeai de la galette et all' s'est bein reingalaie.

LA TANTE

Tont meux danc, tont meux; et thielle paure droleisse, all' n'en veut bé, à la veille de san bounheur!...

CATHELINE

O voueil all' n'en veut, n'on peut z'ou dire. Dépeu huit jous qu'all' bouet dau bollian d'osille...

LA TANTE   (vivement)

Dau bollian d'osille?...

CATHELINE

Et voueil, i ne savant ce que feire, et...

LA TANTE

Et l'avaue pas fait touchaie?

CATHELINE

Et i'avant bé tout fait. Oll' y at thieuques jous i mandiriant le mouédecin... le v'nit et le dicit qu'o f'lait li feire preindre de l'heule d'hérissan... et o n'est rein de ban i vous en répand... pace qu'oll' at bé f'lu qu'o tire pre li feire avalaie... Apraie o f'lait qu'all' bouévisse dau bollian d'osille pre z'ou feire coulaie.

LA TANTE

Thieu ne li fasit ja de maue, mais quand tu me parles de thiés heules d'hérissan, veut-tu?... O vous détrevire les bouyeas, n'on ne sait poué si n'on est mort ou bé onvie...

CATHELINE

Thieu est bé vrai... et bé, pretont, ol l'at bein dégageaie... mais ol y at bé dau mauvais meinde otout, et dau bein mauvais...

LA TANTE

Et o n'at trejou ayu, ma paure Chauvinelle, et o n'arat trejou, que vaue-tu!...

I veudraie bé la veure thielle paure Suzon?

CATHELINE

Ah! all' est couchaie dons nout' lit, de tout comptant.

LA TANTE

All' est couchaie?... Et qu'a-t-o ayu danc?...

CATHELINE

All' v'lait allaie au chomp à nos oueilles; coure all' oyit bein déjuné ça prenit à li brassaie su l'estoumac et dons sa paure teite...
Ma mère, qu'all' dissit, i vaue me couchaie...

QU'AVEZ-VOUS, MAITRESSE CHAUVINET ?

LA TANTE

Et vouéyant danc thielle paure droleisse...

CATHELINE

Suzon... Suzon... parle danc Suzon... Papotte ta meirraine qu'est itchi... I creit qu'all' est assoupie, ma tante...

LA TANTE

Eh! leiche-la danc dormi... All' se repouse, veut-tu bé... I m'en vat allaie charchaie daus us de canne pre faire couaie chez la meïtresse Luchette, et quand i reveindrai, all' s'rat bé réveillaie d'hasard...

CATHELINE

Eh bé voui, ma tante. Allans, i vous reveurant heintout...

SCÈNE II.

Un instant après, Suzon, la fille, commence à se plaindre.

CATHELINE

Te réveilles-tu Suzon, et dort danc core...

SUZON

Hum... hum... mère, i saie appreisse, o me boulotte...

CATHELINE

O te boulotte! Et qu'as-tu ma chère feille, qu'as-tu?...

SUZON

Hum... hum... o me teins su l'estoumac...

CATHELINE

O te teins su l'estoumac? Vaue-tu bouère in cot de thielle boune piquette de poume? Ol o f'rat coulaie.

SUZON

Hum... i n'en vaut pas... i n'en vaut pas... i'affouge... i'affouge...

CATHELINE

T'affouges ma chère feille aimaie, et que vas-i te feire danc... Vaue-tu in mourcea de sucre... ta... t'en vaue pas?...

SUZON   (très lentement)

I nan... i n'en vaut pas... i'affouge... i saie pardue... i saie pardue... ma mère...

Suzon se plaint jusqu'à ce qu'elle soit soulagée.

CATHELINE   (se lamentant)

Et nan ma feille, t'es pas pardue... et nan... Suzon... Suzon... cause me danc... et cause me danc, chère adoraie... et t'es toute en aive... t'es toute suyonte...

Eh ! ses deux œils thi se détrevirant... A mé !... o me boulvarse... o me bible...

Chère feille tu vaue danc nous guittaie, té, à la flieur de t'naige...

Té thi étaie si boune bregère... thi petassaie si bein nos chausses...

Et thiau paur' Jacquet, tu n'y sange pu danc... Ah ! man Diu ! tu vaue danc mouri, té, ma feille... tu vaue mouri, danc...

Tu n'étreuneras danc pas tes beas habeuillemonts... ta belle cornette... tan bea mouchenaie de cou... ta belle corselette et tan bea davontaue de droguiet... Avouec ta belle cheîne d'argeont, té mon cher infont... Et tes belles chausses moulinaies, garnies de velous... ta les vouet-tu ?... tu sais bé que tu les port'ras le jou de tes noces... avec tan bea cot'lian à plietts, que t'as jameis portai... tes belles chemises piquaies au lac d'amour... et tes jolis soulaies à la bouclle, ma chère megnoune, va...

(Elle pleure)... Ah ! man Diu ! ai-zi bé daus gronds malheux, mé, man ban Sagneur !... Et ol est thielle vilaine beite... thielle ganipotte... thi est cause de tous nos maues, voui... Ah ! man Diu !... mé thi me saie mariaie à tronte-sept ons... i n'ai jameis ayu que thiau cher infont... ma paur' Suzon va !... Ah ! tu n'étaie poué sargaille ni soutrouse, té, nan !...

Et à toutes thiés feires, aux ballades et à la donse, chère ma mie, tu n'étaie poué la pu mésavenonte, té... chère compagnaie.

(Elle pleure toujours.)

SCÈNE III.

Aussitôt, rentre un ouvrier bourrelier avec des harnais sur son épaule.

JOSEPH, LE BOURRELIER

Et qu'est-ce qu'il y a, maîtresse Chauvinet ? Avez-vous quelqu'un de malade ?

CATHELINE   (toujours en pleurs)

Et ol est nout' feille thi affouge, veuyau bé... all' veut nous guittai...

LE BOURRELIER

Votre fille étouffe ? Elle a pris quelque chose qui lui fatigue l'estomac peut-être ?

CATHELINE

Et all' at meingeai que de la galette et daus mogettes.

LE BOURRELIER

C'est peut-être ça !... Avez-vous fait appeler le médecin ?

CATHELINE

Et nan ! i n'ai pus la teite à mé, veuyaue bé...

LE BOURRELIER

Je viens de le rencontrer à l'instant qui descendait la côte... voulez-vous que je le rejoigne et vous le ramène ?

CATHELINE

Et i'au vaue bé, man ban mossieu Joset...

LE BOURRELIER

Mais, avant tout, avez-vous de l'eau chaude ?

CATHELINE

La grond marmite est bé su le feut, lé.

LE BOURRELIER

Il faut vite, vite, lui en faire prendre, ça la soulagera peut-être...

CATHELINE

Et que v'laue que thielle aive chaude li fase ?

LE BOURRELIER

Essayons toujours... Donnez-moi, un verre, quelque chose... votre fille étouffe et nous n'avons pas de temps à perdre...

CATHELINE

T'nez, v'la ine tasse qu'all' at gagnai pre la ballade, boun'geons.

Le garçon bourrelier prend vite de l'eau chaude.

CATHELINE

Passez dons la rouette dau lit, si vous pliait.

Le bourrelier passe de l'autre côté du lit et arrive à lui faire prendre le vomitif. Aussitôt, Suzon a des envies de vomir.

LE BOURRELIER

Vous voyez, elle respire déjà mieux à son aise... maintenant je cours chercher le médecin.

CATHELINE

Voui, man ban jene houme... i vous en s'rai bé recouneussante, allez !

SCÈNE IV.

Suzon commence à respirer.

CATHELINE

Eh bé, ma boune feille ! Que dis-tu, ma chère boune amie ?

SUZON

Ah ! ma mère... ah !... ah !...

CATHELINE

T'es meux, Suzon, t'es meux ?... Cause, ma boune, cause...

SUZON

Ah !... saie-zi bé soulageaie, ma mère. Si tu creit, i ne savaie pas voure i étaie...

CATHELINE

Ah! i z'ou creit bé, man cher infont, i z'ou creit bé... o me fait plieuraie rein que d'y songeai, veut-tu.

SUZON

Eh bé, ne plieure danc pu, ma mère, pisque i saie soulageaie, i saie guarie...

CATHELINE

Tont meux, ma feille, tont meux, mais o me soulage, que vaue-tu... o me soulage...

SUZON

Tire le rideau ma mère, i vaue me repousaie.

CATHELINE

Voui, ma boune feille, tout de suite, ta !... Allans, repouse-te, dort in ban sange, o te remettrat.

Et nos meindes thi allans v'ni, faut bé thi appreite le collatian...

SCÈNE V.

Le médecin rentre, très pressé.

Bonjour, maîtresse Chauvinet.

CATHELINE

Bonjou, mossieu Urgon. Saie-zi bein contente de vous veure.

LE MÉDECIN

Eh bien! voyons, il paraît que ça ne va pas. Votre fille a failli étouffer?

CATHELINE

Ah ! mossieu, all' est jolimont meux qu'all' était tout contant ; sans le bourrelaie thi est vinguiu apportai les harnais de la gronde jemont blionche, Joset, thiau ban jene houme ti li at fait preindre de l'aive chaude, i ne saie poué vourc all' s'rait, veuyaue bé...

Le médecin approche du lit, examine la malade.

Faites voir votre langue, ouvrez la bouche. *(S'adressant à Catheline.)* Donnez-moi une cuiller.

CATHELINE

En v'la ine, mossieu... t'nez...

LE MÉDECIN   (à la malade)

Allons, jeune fille, tirez la langue, ouvrez la bouche bien grande, faites voir votre langue, là, bien... ne bougez pas.

Le médecin lui pose le manche de la cuiller dans la bouche.

CATHELINE

Eh! ne li fasez pât avalaie la qu'lière, trejou.

LE MÉDECIN   (s'adressant à Chauvinelle)

N'ayez crainte, n'ayez crainte...

Je suis fort étonné, mère Chauvinet, de ce que votre fille se soit trouvée indisposée, après les recommandations que je vous avais faites, il y a huit jours...

Que s'est-il donc passé?

CATHELINE

Et mossieu, i'avant pretant bé segu voutre ordounance, pisqu'all' at pris dau bollian d'osille pendant huit jous.

LE MÉDECIN

Du bouillon d'oseille?... vous ne m'avez pas compris... Je vous avais recommandé de donner à votre fille du bouillon, du bon bouillon fait avec du bœuf... Je croyais, cependant, m'être expliqué assez clairement pour vous faire comprendre... Mais ce n'est pas votre bouillon d'oseille qui lui a donné une indigestion...

CATHELINE

Eh, Mossieu, i ne saie pas, mé... pretant bé sûr qu'all' at bein déjuné à matin... i'avant fait la boulingerie... Ma mère, qu'all' dissit, i saie feublle, o m'est avis thi meingeraie in petit prefour... i li en dounit avec daus mojettes. All' était de si boun' appetit qu'ol était in pliaisi de la veure meingeaie... All' z'ou treuvait danc si ban qu'all' en v'lit core et i li dounit ine autre galette chaude, coume thieu, t'nez (*Catheline montre une galette*)... ine autre éthieulaie de mojettes, dau rasinet et in p'tit pot de miaue... Oll' est tout ce qu'all' preingit, mossieu!...

LE MÉDECIN   (s'emportant)

Fichtre!... vous prenez cela pour rien?... Deux galettes chaudes, et pas des petites, un pot de miel, des haricots... voilà ce que j'appelle se bourrer comme un ogre; il n'en faut pas davantage pour tuer une malade et vous pouvez remercier ce jeune homme. Sans lui, je crois bien qu'il n'y aurait plus de remède possible : votre fille aurait succombé victime de votre imprudence...

CATHELINE

Eh! mossieu, all' at meingé tout plien de feit beacot mais que thieu, allez...

LE MÉDECIN

Je la plains d'avoir une semblable capacité stomacale.

CATHELINE

Ma foué voueil, mossieu, ol est ine feille bein capable. I n'en couneut poué guiére pre li jouai le tour, allez. A thiés ballades, à thiés assombliaies, ol est lé thi était déluraie...

LE MÉDECIN

Vous ne m'entendez point, mère Chauvinet; quoi qu'il en soit, puisque votre fille est si bien douée, soyez désormais plus prudente si vous voulez la conserver.

CATHELINE

Si fait bé thi vous ontond, et créyez bein thi fait tout ce thi peut pr'elle, veuyaue...

LE MÉDECIN

Je le crois, va-t-elle bien à la selle maintenant?

CATHELINE

Ah! mossieu, tantout su ine selle, tantout su in banc, tantout su ine chaire, tantout su le coffre, su la salère, pretout...

LE MÉDECIN

Bah!... Bah!... Ce n'est pas ce que je vous demande... mais si ce qu'elle prend passe bien?...

CATHELINE

Ah! avont qu'all' seige malade, n'on peuvait li dounaie tout ce que n'on v'lait, all' at l'avalouère bein faite, allez.

LE MÉDECIN

Vous ne me comprenez pas, mère Chauvinet... Je vous demande si votre fille fait facilement ses besoins naturels?

CATHELINE

Ah! si all' vide... ah voueil! o vat meux, tout plien meux... mais ol l'at bé corc fait quenaie à matin.

LE MÉDECIN

A la bonne heure, voilà ce que je désirais savoir... Eh bien! donnez-lui quelques lavements de son... quand besoin sera, bien entendu.

CATHELINE

I ferai bé tout ce que vous me direz, mossieu Urgon. Mais presoune ne m'outrat de l'idaie, qu'ol est bé in mauvais sort thi li at été jité, dépeu qu'o venit ine bigourgne.

LE MÉDECIN

Une bigourgne dites-vous?

CATHELINE

Et voui, mossieu, ine ganipotte si vous aimez meux... O venit in saie, t'nez, au mitant de la veillaie, o se dressit à la croisaie que toutes les vitres en cheyriant. Si vous aviez vut thielle grousse teite blionche, thi avait deux œuils thi breticliant coume daus chondelles, et all' badait ine goule gronde coume in palissan... Vite, i jettirians de la saue dons le feut, i preniriant de l'aive bénite, Jacquet prenit le fouseil...

O la chassit bé, mais o f'lait ontondre tous thiés chaffrets qu'all' menait après dous thiés courtillages, les cheins jappiant de tous les coûtés... o détrevirait tout, les bus, les j'monts, les oueilles, les gorets, o bramait, o silait à qui mais, dons laus teits, les poules en cheyriant dau jouc à moins, et les oies cracassiant coume si n'on les avait pliumaies, et dépeu thielle seraie, trejou all' at ayu ine ménagerie dons la teite.

LE MÉDECIN

Une ménagerie?... Toujours la même chose donc?... Qui vous a raconté cette histoire de ménagerie?

CATHELINE

Et ol est la grond Jarret thi z'ou at dit. Vous la couneussez bé ?

LE MÉDECIN (haussant les épaules)

Je ne la connais pas.

CATHELINE

Coumont ! vous ne couneussez pas la grond Jarret? la grond Margeotte, la femme à Louichet l'Ageassan, all' at le don de tout plien d'affeires... all' en couneut long allez, pisqu'all at la flieur de lys au mitant de l'échine, all' touche, et all' est devin otout, all' chasse les bigourgnes.

LE MÉDECIN

Allons, bon ! voilà maintenant que vous êtes plus malade que votre fille, et qu'il me faut guérir votre esprit de ce mal absurde des devins, des sorciers et des loups-garous.

CATHELINE

Pre sûr qu'ol y at daux mauvais meindes thi fasant tort aux autres ; o se veut trop s'vent malhureusemont.

Ainsi t'nez de thiau moumont, toutes nos poules avant la pondouère tappaie, v'lat thiinze jous qu'all' ne pondant pu, i n'avons pas sûremont in u pre faire daus creipes. Ol est bé malhureux, trejou !...

La grousse gorette at pardut san lait, tout ses goreas sant crevés, i'avant six moutans lourds et sept pirons dévoyés, et ce qu'ol y at de pu fort, chez les vouésins, tous les matins le treuvant les bus sans attache qui tornant le darre au râtea.

Creyaue qu'ol est daus affeires, thieu, mossieu Urgon ?

LE MÉDECIN

Vous plaisantez, ma chère dame, vous plaisantez.

CATHELINE

I pliésonte? Ol est poué vrai pretont; l'aut' jou, core, tenez, qu'o prenit la chombrère de la métairie au boun'houme Seringuet, o li sautit su l'échine au moumont qu'all' mettait ses chebres au teit, o li détrevirit san bounet, o li déralit san devontaue, o la mettit dons in état pitouéyablle, qu'all' en at ayu la flieuvre de pou, trejou.

LE MÉDECIN

(A part) Quelle pitié de constater chaque jour comme l'ignorance aveugle ces pauvres gens.

(Haut.) Vous m'obligez à vous dire de dures vérités, mère Chauvinet, je le regrette beaucoup, mais j'y suis contraint par le désir de vous être utile.

Au même instant rentrent Chauvinet, Salmont et les domestiques.

LE MÉDECIN

Si je pouvais vous débarrasser de ces superstitieuses croyances dont vous êtes imbus, je vous aurais rendu un bien grand service.

Je crains de n'y pouvoir parvenir, et pourtant je puis vous affirmer de ne vous dire que la vérité...

Toute cette histoire macabre que vous venez de me raconter avec une conviction déplorable, n'est faite que d'illusions dont vous êtes la dupe...

Ce que vous avez vu, ou cru voir, ce que vous avez entendu ou cru entendre, n'est pas le fait des sorciers, ni des bigourgnes comme vous les appelez, mais bien celui de gens très méchantes, j'en conviens avec vous, qui abusent de votre crédulité pour vous inspirer de la terreur et vous exploiter...

Il n'y a, croyez-moi, ni sorciers, ni bigourgnes; il n'existe que de mauvais voisins qui font métier de sortilège pour vivre aux dépens des autres, et commettre impunément toutes sortes de larcins.

Cette bête épouvantable que vous avez vue se dresser à votre fenêtre était une bête pour rire ou plutôt pour faire peur, et si vous l'aviez saisie vous auriez trouvé sous cette tête aux yeux flamboyants... la tête elle-même de quelques mauvais garnements de ce village sans doute... La tête lui servait de masque et le reste de costume...

Je vous étonne, n'est-ce pas?

CATHELINE

Ma foué, voueil, mossieu.

LE MÉDECIN

Eh bien! soyez en sûre, ce sont des bêtes déguisées qui se promènent ainsi la nuit, des maraudeurs audacieux qui profitent de la frayeur qu'ils vous inspirent pour venir ensuite s'emparer de vos provisions et dévaster vos jardins.

Je vous le répète, vos malheurs sont le résultat logique de vos superstitieuses croyances, de ces croyances que la raison combat, que le bon sens dément, et que la science détruit.

Telle est au surplus la cause de la maladie dont est atteinte mademoiselle vore fille...

La terrifiante émotion qu'elle éprouva le soir de cette fameuse apparition, produisit subitement en elle une réaction si violente que toutes les fibres de son organisme en furent frappées... Le fonctionnement régulier de ses organes fut arrêté, si bien que les voies d'éliminations étant fermées, elle ressentit les violentes douleurs qui nécessitèrent mon intervention.

Je sais bien que vous eûtes recours, avant de me faire appeler, à tous les devins du pays. L'exorcisme fut le premier remède employé.

Mais tout cela n'ayant rien fait, vous tentèrent le moyen extrême et je vins soigner votre fille et la guérir.

Le médecin se tourne vers les nouveaux rentrés.

Je vous engage, mère Chauvinet, et pour votre bien à tous, à vous débarrasser de ces superstitieuses croyances de sorciers, de bigourgnes, de ganipotes et tous ces racontars de devins qui en font métier pour vivre à vos dépens.

LA CONSULTATION

J'ai le désir et bon espoir que votre fille sera vite rétablie et qu'elle saura éviter de tomber dans de pareils cas.

CATHELINE

Ah! mossieu, si ol était core vrai, qu'all' ne serait pu jameis malade.

LE MÉDECIN

Faut espérer, ma chère dame. Vaut mieux lui remonter le moral que de lui parler de vos sorciers. C'est se rendre malade par soi-même, voyons.

CATHELINE

Ah! mossieu, quand thiés malins esprits en v'lons à thieuqu'in, ol est bé malaisé de les arroutaie, allez.

LE MÉDECIN

Bah! bah! bah!... avec vos malins esprits, maintenant... Suivez-donc mes conseils et vous en serez tous mieux.
Allons, au revoir maîtresse Chauvinet.

CATHELINE

A nous reveure, danc, mossieu. *(Presque aussitôt elle rappelle le médecin.)* Mossieu Urgon!... Mossieu Urgon!...

LE MÉDECIN

Qu'est-ce qu'il y a?

CATHELINE

Disez danc, pre thiés lavemonts, est-o dau song de bu, dau song de moutan, ou bé dau song de goret, mossieu, qu'o f'drat?

LE MÉDECIN

Du son, vous dis-je, du son de froment.

CATHELINE

Ah! i creiyaie qu'ol était dau song de baiete, mé, mosssieu; i z'ou appelant dau bran, nous autres, pace que veyaue, à la compagne on ne couneut poué tous thiés médicamonts.

LE MÉDECIN

Oui! oui! mais enfin vous ferez ce que je vous dis, n'est-ce pas? Vous vous en rappellerez bien?

CATHELINE

Voueil, mossieu, voueil.

LE MÉDECIN

Allons, bonjour. *(Il salue tout le monde.)*

CATHELINE

Portaue beun'aise, danc... *(Elle suit le médecin.)* O faut qui vous demande ine p'tite affeire...

SCÈNE VI.

SALMONT

Le cause bein, voueil, thiau mossieu !

CHAUVINET

Ma foué l'at poué la lingue gelaie.

SALMONT

O nan ! Thiau thi li at copé le lignou, n'a poué pardut son temps, à moins.

CHAUVINET

Pre sûr le cause meux que noutre thiuré quand le preiche, en a-t-eil dit daus paroles, l'ine n'attondait pas l'autre... pretant, i ne comprenaie pas bein tout ce que le disait, mé. Ol y avait daus motts thi m'échappiant. Et té ?

SALMONT

Mé otout, le sant si savonts thiés mossieus... le couneussant tout plien d'affeires, mais le se trompant bé zeu otout thieuques feits.

CHAUVINET

Bein sûr ! Le peurrait-ja me dépersuadaie qu'ol y at bé daus bigourgnes et daus ganipotes. Que li onge danc veure, li, au trente-six rivères, voure tous thiés sorçaies se réunissant pre cherchaie leus inspirations, et que l'avant tretous daus quoues d'angroizes dons laus poches. O faue au veure thieu pr'ou creire et l'ou zat jameis vut li thi cause si bein ?

SALMONT

Tout thiés mossieus daus villes n'y créyant poué jolimont, mais mé, i ne sait trop rein ce qu'en dire.

Ol y at daus affeires bein suprenontes trejou.

CHAUVINET (s'adressant aux domestiques)

Dizez danc, vous autres les gas, allez danc feire bouère les bus, apraie i réssounerant (collation).

LES DOMESTIQUES

Voueil, bourgeois.

SALMONT

Eh bé, mé, su thieu, Chauvinet, i va me n'allaie, i saie content que ta feille va meux... pre sûr qu'avoure all' s'rat vite guarie... i v'lait poué parti sons savaie coume ol allait, o m'inquiétait jolimont, pace que dépeu thi avant ontondut thiau mariage, i la cansidère coume ma feille, veut-tu bé. I n'ai poué v'lut décopaie thiau mossieu de sa cansultatian, meis i vat me dirigeai dau couté de Paris...

CHAUVINET

Dau couté de Paris ?... Tu pliésonte ?...

SALMONT

I ne pliésonte rein, i z'y vat tout dreit, et de mes peds otout, ta.

CHAUVINET

De tes peds?... mais jameis tu peuras feire thiau chemoin. Et qu'a-t-o danc qui t'appeule coume thieu?

SALMONT

Tu ne sait danc pas que mossieu le barein vaut onchéri la métairie; san régissou m'o z'at core dit l'autre jou, et coume ol est in vilain gas, qu'o n'y at poué mouéyen de s'ontondre avec li, l'aimerait meux qui sortiraie de la farme pre feire rontraie thiau méchont soulaue que tu couneut bé?

CHAUVINET

Ah! voueil bé, i le couneut.

SALMONT

Et i m'en vat veure mossieu le barein... i vaue li feire part de thiau mariage otout, tu compreinds?

CHAUVINET

Tu f'ras bein, ma grond foué, tu f'ras bein.

SALMONT

I li cant'rai coume les affeires se passant itchi et ol est bé râle si i ne li fait poué ontondre reisan. I'ai naithiu au moulin daus Egrinats et i vaut i mouri, veut-tu... Pre thieu, o faut qui enge à Paris et devraie-z'y user mes jombes jusqu'à la cheveuille, irai jusqu'arrive. A nous reveure Chauvinet; que le ban Diu garisse ta feille et vous consarve tretous.

CHAUVINET

Ban vouéyage danc, preinds garde qu'o ne t'arrive rein trejou, ne vouéyage pas la neut, et reveins nous bein portant.

FIN DU DEUXIÈME ACTE.

SALMON CHEZ LE BARON DE LA GIRAUDIÈRE

LE VOYAGE A PARIS

TROISIÈME ACTE

PERSONNAGES :

1. Salmont ;
2. Pierre, valet de chambre ;

3. Le baron de La Ciraudière ;
4. Auguste, neveu du baron.

SCÈNE PREMIÈRE. — *(Lever du rideau.)*

Le domestique fait passer le fermier dans la salle.

LE DOMESTIQUE

Ah! monsieur est sorti. Je le croyais ici cependant.

SALMONT

L'est pas là? C'est-o ennuyant de feire tant de chemoin.

LE DOMESTIQUE

Vous n'attendrez pas longtemps, voilà bientôt l'heure du déjeuner et monsieur ne tardera pas à rentrer.

SALMONT

Ah bé! tant meux danc...

LE DOMESTIQUE

Vous venez de loin?

SALMONT

Oh! voueil, t'nez. V'lat huit jous thi marche, et core quand i'ai arrivé i· n'ai jameis creit trouvaie la porte à mossieu le barein.

LE DOMESTIQUE

Vous ne connaissiez pas l'adresse, peut-être?

SALMONT

Et ï savaie bé le liméro, mais i ne me rappelaie pas le nam de la rue, avoure.

LE DOMESTIQUE

C'est ennuyeux quand on ne se rappelle pas l'adresse, surtout à Paris. Vous l'avez trouvée quand même?

SALMONT

Voueil bé, mais o n'at pàt été sons peine, allez. Si vous d'sait thi saie arrivai à Paris à matin dès la piquette dau jou et thi ai marché incessammont pendont sept à huit grandes heures.

LE DOMESTIQUE

N'êtes-vous pas fatigué?

SALMONT

Ma foué i vous réponds thi me saic bein pcurmenai ; jameis, dau grond jameis, i n'ai tant vut de meindes, les feires de chez nous n'y fasant rein... ol est ine vrai fremigère... et daus vouétures, daus vouétures, l'on ne veut que ça, toutes pu belles les ines que les autres, o l'en venait pre tous les bouts ; ine n'attondait pas l'autre. Ça cheminait, ça trottait, ça galopait, ça s'étorsait, et o n'avait pas ine qui renveursait...

Hum! et c'est qu'à tout plien d'ondreits i ne savaie pas combein qu'o fasait, i'araie bé pu me feire crevaie... Ma paure veille n'arait pu revut san houn'houme, voueil!

LE DOMESTIQUE

Vous vous mettiez bien à côté, j'espère?

SALMONT

Et voueil bé, mais à tout moumont : gare... gare... i ne savaie rein de queu couté tornai la tcite, i'avaie prou à feire à me viraie, et vous peuvez creire que ça m'a fait avaie grond chaue, allez.

LE DOMESTIQUE

Je vous crois.

SALMONT

Mais ine affeire suprenante, thi ai demondé au moins à cinq çonts peursounes, et cinq çonts au bout, voure o rechtait mossieu le barein de la Ciraudère, et tretous l'ou saviant pas... et meux que thieu, tout plien thi se copiant le corps de rire de me veure dons la peine. C'était-o fasable, ça?

LE DOMESTIQUE

C'étaient des farceurs, il n'en manque pas, ici. Vous auriez dû vous adresser aux gardes villes.

SALMONT

Et ma foué, i creyaie qu'ol était coume chez nous, mé. Que n'on demonde voure o rechte thieuqu'in, le les couneussant à dix lieues à la ronde, et vous peuvez creire qu'à tous thiés thi ai demondé, qu'o n'avait de toutes les manières : daus mossieus, daus charpontaies, daus marichaues, daus soudards thi aviant daus ribandales su laus moinches, eh bé, o n'en at pas in thi at peyu me dire : ol est là... O n'y at qu'à deraie, que l'étiant tout in soula de meindes à l'entour de mé thi fasiant daus ricassis à vontre déboutouné, que les gardes poulices arriviriant : « Circulez, circulez, messieurs », que le dissiriant, et le pu jolit, que le veuliant m'onmenaie...

LE DOMESTIQUE

Comment, vous conduire à la salle de police ?

SALMONT

Et i ponse que voueil, le disiant thi rassembliaie tout le meinde. Seguez-nous, pas d'explicatians. Ah ! i vous garontis thi ne me saie pas trouvai de boune affeire, allez.

LE DOMESTIQUE

Il y a de quoi.

SALMONT

Eh bé ! pre bonn'heur, ol arrivit in mossieu thi avait in grond barbegnon, là, ine boune figure d'houme, ma foué. Le dissit : Qu'est-ce que veut ce bonhomme ? — Ah ! mossieu, thi dissit, si vous peuviez me dire voure o rechte mossieu le barein de la Ciraudère, vous me rondriez in bein grond sarvice. — Ah ! père, que le dissit, je m'en va vous y candire. Venez avec moi.

Le me soulagit bé, allez... I le seguit : Nous allons preindre un annibus que le dissit, ça ira plus vite. I grimpiriant thi dedons et ça marchait pas cha p'tit.

Ma foué, i ne m'y fiaie pas, apraie, i'avaie pou qu'o sège de thiés méchonts gorgandins pre me feire in mauvais cot. I causiriant de part et d'autre et le me dissit que le couneussait mossieu le barein, qu'ol était in de ses amis. Et enfin i'arriviriant à la porte : Tenez, père, c'est là que le dissit. I devallit de thielle belle vouéture et l'at jameis v'lut qui pouéye le canditeur, c'est ce qui fait veure qu'ol y at pretout daus braves houmes.

LE DOMESTIQUE

Il y a partout de braves gens. Asseyez-vous donc, père.

SALMONT

Vous avez reisan, ol est pas de trop thi me repouse.

LE DOMESTIQUE

Vous êtes encore fort à votre âge.

SALMONT

Ah ! Diu marci, i'ai core la jombe boune, o ne me f'rait core rein de donsaie ine ronde... Mais o ne fait pas tout, vous d'sez que mossieu le barein ne s'rat ja longtomps à v'ni ?

LE DOMESTIQUE

Monsieur ne doit pas tarder à rentrer.

SALMONT

A la boun'heure. C'est qu'y ne veins pas tchi tous les jous.

LE DOMESTIQUE

Cela ce voit. Mais soyez sans inquiétude, ne vous impatientez pas, père, reposez-vous en attendant.

Le domestique laisse le fermier seul.

SALMONT

Faut bé apparamont.

SCÈNE II.

Un moment se passe, il admire le salon du baron puis fixe une fenêtre qui domine Paris.

Hum! thiau Paris... c'est-o in biâ village, ça... Les meisans sont hautes quat' faits coume thiés de chez nous... C'est-o daus biâs mounumonts, ça... v'lat cc thi est fait à profit...

Ah! ça n'est poué coume la gronge de chez nous thi cheut à tous les bouts... Ah! c'est de jolit travail... Faut eitre ingénioux voueil!

Mais saie-z'y au guiet, danc, itchi?

Il entend du bruit, il écoute, puis reprend.

Ma grond'mille foué... i creit que le sant à tablle... et i'ontond frelinai les assiettes... Hum!... Ol est pretont sûr, à l'heure qu'ol est, thi meingeraie in bout de miche, mé tout, voueil... C'est qui saie si feublle... Ô m'est avis thi ai l'estoumac dons mes talans... I ne me s'veins pu rein dau picotin d'à matin... mais si ne dis rein, i serai tchi toute la jornaie... Ah ça! vouéyans, voure est-o danc le coureil, itchi?

Il se lève et cherche la porte.

Rein... rein... i ne trouve rein... ni porte, ni coureil... ça tappe aussi juste que daus portes de pliacards *(il s'assied)*... Ah!... i saie ronfremé itchi coume in foin dons ine bourgne..

O faut thi râbatte à moins... Pan, pan, pan!

Il frappe du pied une fois, deux fois, une troisième fois très fort.

LE DOMESTIQUE   *(rentre un moment après)*

Le temps vous dure?

SALMONT   *(il se lève brusquement)*

Ma foué, voueil, le temps me dure... mossieu nout' meltre est à tablle li, disez li danc qu'ol est san farmier Jacquet Salmont thi est là.

LE DOMESTIQUE

Monsieur n'est pas à table, il n'est pas encore rentré, je viens de mettre le couvert. Aussitôt qu'il arrivera, je lui dirai que vous l'attendez.

SALMONT

Voueil, si vous pliait... C'est qui ai le vontre jolimont pliat.

LE DOMESTIQUE   *(regarde en face la porte)*

Tenez, j'entends du bruit, c'est peut-être monsieur qui rentre, c'est lui, le voilà. *(Il se retire en même temps.)*

SALMONT

Ah! tant meux, danc, si ol est mossieu nout' meître.

SCÈNE III.

Le baron rentre aussitôt

LE BARON

Tiens, tiens, tiens, tiens, c'est le père Salmont.

SALMONT

Tout juste, mossieu nout' meître. Et coumont vous portaue?

Ils se donnent une poignée de main.

LE BARON

Merci, père Salmont, ça va, oui, ça va tout doucement.

SALMONT

Bien!!!

LE BARON

C'est une surprise que vous nous faites. Comment êtes-vous venu à Paris?

SALMONT

I saie venu de mes peds, mossieu.

LE BARON

De vos pieds?

SALMONT

Voui, mossieu nout' meître, mais i'ai pris mes soulaies de vouéyage, o l'est thiés qui preinds quand i vat aux boudins... et n'on marche d'apliomb avec ça... et ol au faue otout, pre feire quatre-vingt-dix-sept lieues en huit jous.

LE BARON

Vous êtes donc un homme infatigable? Il vous faut des jarrets d'acier pour faire un semblable tour de force.

SALMONT

Mes jombes ne sant poué les pu malades, mais ol est que ça me teint su le courpegnion... là, t'nez... O me pliéye en deux.

LE BARON

Mais vous êtes droit comme in jonc, au contraire, et votre croupion n'est pas cassé du tout à votre âge?
(A son neveu). Entre-donc, entre-donc, mon neveu... Tiens tu connais ce bonhomme?

AUGUSTE (neveu du baron)

Mais c'est le père Salmont! Et comment allez-vous, père?

SALMONT (avec surprise)

Et, mossieu, o vat trejou in p'tit... T'nez... est-o vous, mossieu Augiuste?

AUGUSTE

C'est lui-même.

SALMONT

Dons thiés beas habeuillements, thi vous recouneussaie rein, ma grond foué d'amnaie... c'est que o vous aveins bein, otout. Quand i'ai décampé, la boune fame me d'sait bé : i ne veuyant pu rein thiau ban mossieu Augiuste.

LE BARON

Asseyez-vous, asseyez-vous, père Salmont.

SALMONT

Voui, i s'rant tout aussi bein que debout.

AUGUSTE

J'espère bien encore aller vous voir, père Salmont. Les lapins ne sont pas tous morts, je suppose, et nous irons faire une partie de chasse dans la garenne.

SALMONT

Ah! ça nous ferat grond pliaisi, mossieu. Vous en rappelaue, l'annaie derère que vous étiez à la chasse, que vous galopiriez thiau lieuvre toute la jornaie dons la pliane daus Egrinats? Vous arriviriez à la meisan, vous aviez grond chaue, otout, ma foué... vous étiez crevé, vené... Vous bouéviriez ine terrassaie de caillet, là... ol est ça thi vous fasait dau bein... Apraie, i fasiriant in p'tit collatian, i meingiriant ine cane melaie, là... et thielle boune salade de laituge, thi était si appetissonte... Est-o vrei, mossieu Augiuste?

AUGUSTE

Ça été un vrai régal, la cuisine était parfaite, surtout cette salade. Je n'en mange pas souvent comme ça.

SALMONT

O n'est pas pre dire, mais i'avant ine thiusinère, la boune fame Bracalet, qui sait bein magniaie la coue de la pouéle, allez, feire la thiusine de toutes les manières. All' vous reinge ça qu'o f'rait meingeai sons avouer de foaim... Coume pre les salades, all' vous adoube ça qu'all' sant trejou bounes, et si tout plien ou fasiant, l'en meingeriant de meilloures qu'avec toutes thiés heules d'achti, voueil.

LE BARON

Il est vrai que pour manger de bonnes salades, il faut de bonne huile.

SALMONT

Trejou i'en meingeant de bounes, mossieu nout' meitre, mais v'lat coume all' s'y preinds : All' met cinq ou six calaies (noix) dons sa goule, all' au matrouille bein, bein coume o faue, quond ol est bein matrouillé, tuch!... all' au cliaque su la salade, all' au brasse bein de tous les coutés et n'on meinge ça avec pliaisi à moins. N'on est sûr qu'ol est de l'heule naturelle, trejou! Non pas de thiés heules à mécaniques qui sontant l'échauffi... Mais dame, faut bé dire, all' at ine meisselle coume in vrei songliaie... all' casse daus noyas de peiches otout.

LE BARON

Diable ! casser des noyaux de pêches, il faut avoir une solide mâchoire.

SALMONT

Ah ! i vous en réponds qu'all' n'at ine boune.

AUGUSTE

Dans quelques jours, j'irais la revoir cette brave cuisinière.

SALMONT

Feudrat v'ni, mossieu Augiuste, i'avons core de thiau ban vin thi est rouge coume dau song de piron, et i'en bouérons in p'tit potet, o vous dounerat daus jarrets pre couri thiés lieuvres... Qu'o ne seige pas coume thielle fait trejou, que vous étiez si feublle... le souleil chauffait raide thielle jornaie, voueil !

AUGUSTE

C'est vrai, il faisait chaud, ma foi, et après avoir bien couru ce fichu lièvre, je ne l'ai pas tué... mais je l'ai eu tout de même, grâce à vous.

SALMONT

Bé vrei, c'est qu'y le tenaie de l'œil, voueil ?

LE BARON

Comment !... c'est vous qui l'avez tué, père Salmont ?

SALMONT

Voui, mossieu nout' meltre, et v'lat coume ol est. I'étaie dons le veurgeaie, i'ontondaie in tintamarre dau cinq çonts diablles, ol était la chasse thi se rapprochait. Les cheins jappiant que de pu belle, et coume ol y avait ine musse, in passage de lieuvre, vous ontondez...

LE BARON

Oui, oui, je comprends.

SALMONT

Thielle musse était su le bord dau veurgeaie, i'allit me postaie ; i me dissit : si le passe itchi, gare. Tout d'in cot les cheins ne douniant pu de voix, l'aviant pardu la piste, faut creire. I levit la teite pre veure si veuraie les cheins ; i veuyit in grond sot de lieuvre qui venait tont que l'avait dau jarret et dreit vers la musse. I ne pardit pas de temps, i me mettit en positian. Aussitout que le passit sa teite : kiac !.. i le prenit sous ma fourche, ol était bé in cot d'hasard. I li mettit la moain su l'échine, voueil, le coinquit bé : oh ! coinque ou ne coinque pas, à nous deux, thi dissit. I l'araie bé gardai en vie, mais le ruait que le diablle et l'arait bé peyu m'échappaie. I li dounit in cot de poing et in ban, i le crevit dau premé cot. O n'y fait rein, mais l'était bé grous coume in chebrais de sept s'manes. Jameis i n'en ai vut in si beal.

LE BARON

Diable ! Gros comme in chevreau de sept semaines. Il devait peser au moins huit livres ?

AUGUSTE

Il en pesait près de dix, mon oncle.

LE BARON

Un vrai chevreuil, alors.

SALMONT

Ah! ol était in bel animaue, mossieu nout' meître.

AUGUSTE

Il est rare d'en voir d'aussi beaux.

LE BARON

J'aurais bien voulu le voir.

SALMONT

Vouéyans, mossieu nout' meître, i ne saie pas venu itchi pre daus prunes, ni pre me peurmenaie. Coume i ne peut ja m'ontondre avec voutre houme d'affeires, i me saie dit : Faut thi onge à Paris. Et i saie venut pre vous parlaie directemont, pre thielle augmentatian su la farme daus Egrinats. Trente-cinq pistoles que vous v'lez onchéri ?

LE BARON

Oui, je me suis décidé cette année à mettre cette augmentation sur les prix réellement insuffisants de ma ferme, surtout depuis que la propriété foncière augmente considérablement de valeur.

SALMONT

Coumont !... Et vous créyez danc bé thi fasant daus affeires ?

LE BARON

Assurément, vous en faites. Il y a près de cent hectares de terre et vous ne payez que mille francs de ferme.

SALMONT

Vous prenez qu'ol est rein, ça, mille froncs... O ne se preind pas sous la coue d'in lieuvre, voui !... Ol y at grond de teirre, ol est vrai, ol y en at de bounes, mais ol y en at tout plien qui sant bein mauveises, qu'o n'est que daus broussailles. Tous thiés coutaues, ol at jolimont meis de ronzes que de bois. Et o n'at grond.

LE BARON

Mais il y a de bons bois.

SALMONT

Ma foué, voueil, le sant bans. O s'y teint meis de lapins que de bans fagots à feire. Et combé de mourças de meime... Ol y at le Grond Etong, Pécarré, Pelamont, Chausse-Rousse, Rond-Bâtard; rein ni pousse... et o n'en f'drait cinquonte bouesseleaies pre naurri in chein.

LE BARON

Je ne connais point tous ces terrains, mais dans la quantité il y en a de bons, et ça vaut largement l'argent. D'abord, je vous ai fait prévenir trois fois par mon régisseur, vous n'avez rien voulu entendre. Mais comme il y a longtemps que votre famille est dans la ferme, je vous donne la préférence.

SALMONT

Ma foué, mossieu nout' meître, i veut thi peurrant ja nous attrinquaie,

LA CONCLUSION DU MARCHÉ

pace thi la pouéye tout ce qu'a vaue... Avec défunt vout' tonte, ol at jameis ayu deux prix, t'nez, ol était trejou le meime campte d'argeont...
Et au jou d'anneut vous v'lez m'onchéri.. Et tout ça peur rapport à thiau
gas de Saguinot, in mauveis gas si ol en at in, le vaue sûremont pas ine
chique de tabat... Le me vaue ine mauvenonce... Et predèque ?... Pace
que mon feil Jacques deit se mariaie avec la feille Chauvinelle, ine feille
unique, et le fait tout ce que le peut pr'en ompêchaie... C'est que l'a-
rait v'lut qu'o seige avec Polyte, san garçan, mais Chauvinelle n'en vaue
pas, lé... Eh bé! pre vongeonce, le fait de ses peds et de ses moains,
pre me feire sorti de la farme... La preuve, pisque l'a dit à voutr' houme
d'affeires, que le dounerait tronte pistoles de meis de vout' farme... Et
l'a dit, otout, que le boun'houme Salmont au thiultivait bein mal, qu'ol
était tout à la racoleaie, thi n'y ontondaie pu rein. I creit bé que lau f'rat
meux, li, t'nez, thi ne teint jameis à l'auvrage, l'est trejou parti de dreite
et de gauche.

LE BARON

Vous êtes mal informé. Je n'ai point à me plaindre de vous, et vous
y mettez de l'animosité.

SALMONT (ne comprenant pas, se lève brusquement)

I n'est jameis été dans les animaues, mossieu nout' meltre, et ce thi
dit est dit, i n'en saie sûr. C'est la vérité. Voui, thiau gas de Saguinot,
tronte pistoles, thiau méchont frelassou, thiau fasou d'ombarras, thi est
à toutes les assombliaies, fouères et marchés, meinge de la miche, les
poulets routis, les bounes sauces, bouère la bière, le cafet, preindre les
aliqueurs, i ne sait pas voure le preindrat de l'argeont pre vous pouéyai,
thiau creve de foaim... Et mé, thi au mesure dau meux thi peut, i tra-
vaille coume in vrai chein, ol est le cas de dire, pre qu'o n'aige pas trop
de predarre, et core, ol est tout juste, si ol arrive.

Eh bé, mossieu nout' meltre, i vaue me parmettre de vous dire moun'
idaie. Que si thiau gas de Saguinot rontre dons vout' farme, vous en
s'rez content dau premai cot. Tont qu'à mé, o m'est impossiblle de
douné tronte pistoles, que v'laue.

LE BARON

J'en suis fâché. D'ailleurs, en vous demandant trente-cinq pistoles, je
n'en surfais pas la valeur. Il m'en sera offert davantage... Vous n'entendez pas raison, et vous le regretterez certainement.

SALMONT

Vous créyez danc bé thi fasant daus fortunes, mossieu nout' meltre ?...
Et créyez bein qu'in ban pouéyou est à cansidéraie, voueil...

Eh bé! t'nez, i ne mettrai poué trente-cinq pistoles, meis i mettrai
cinquonte éthius et vous outrez le reste.

LE BARON

Je n'ôterais pas un sou... Comment, une ferme de cette étendue, sans
compter un superbe moulin en plein rapport, au prix désormais de cent
trente-cinq pistoles ?

SALMONT   (fort)

Vous appelez ça in moulin, vous, mossieu nout' meître... In méchont moulinet voure les greneuilles crevant de sé en pliène métive.

LE BARON   (fort)

Un moulinet, dites-vous ? Où les grenouilles crèvent de soif en pleine moisson ?

SALMONT   (très fort)

Voueil, mossieu nout' meître, et v'nez-i veure, o n'y at de l'eive que l'hivar, et core o faut qu'o mouille.

LE BARON   (très fort)

Mais vous devenez insolent !... Et puisqu'il en est ainsi, vous sortirez.

SALMONT   (s'emporte

Eh bé ! quand vous v'drez. I sortirant et pre la Saint-Michea... Et o n'est poué thieu thi peurrat ompêchaie le mariage de man feil Jacques avec Suzon Chauvinelle, nan !

Portaue benaize, à revouère messieurs.

Il tend la main et fait mine de partir.

AUGUSTE   (le retenant par son habit)

Père Salmont ! Père Salmont !... Mais ne partez pas.

LE BARON

Quel homme entêté vous êtes !... Ecoutez, père Salmont, je serai fâché de vous faire de la peine. Vous êtes un excellent fermier, que j'estime beaucoup, et il me serait fort agréable de vous affermer à nouveau les Egrinats.

(Avec un sourire.) Vous n'êtes pas fâché, toutefois, de mon emportement.

SALMONT

Et pas de man coûté, trejou, mossieu nout' meître. Mais que v'laue, i saie patient, mé otout, coume ine vrei guièpe.

LE BARON

Vous serez moins incorrigible après déjeuner. Allons nous mettre à table. Vous devez avoir bon appétit, j'imagine ?

SALMONT

Et ma foué, o n'est poué thi cracheraie d'ssus, à l'heure qu'ol est.

(Il cherche sa tabatière.) Pisqu'ol est de meime, o faut thi prenions ine prise, t'nez. O nous dégniéserat.

LE BARON

Vous avez raison, père, ça nous dégniéserat, comme vous dites.

SALMONT   (offrant du tabac)

Chein gâté !... Tont qu'à mé, la teite m'en pibole, veuyaue.

AUGUSTE

Eh bien, pour une tabatière, je crois qu'en voilà une qui n'est pas manquée... Quel monument vous avez-là, père Salmont!

J'espère qu'elle ne vous sera pas volée sans que vous vous en aperceviez.

SALMONT

Eh! mossieu Augiuste, all' at bé san ban couté otout, allez. L'hivar, quand o fait freid, que n'on vat feire daus fagots, n'on preind ine prise sans guittaie sa mitane... Ça ne vous décope pas de l'ouvrage. Si n'on se trouve de compagnaie, tout le monde prise d'in cot, o ne fait pas de jalousie... C'est qu'mode, allez.

LE BARON (et Auguste se mettent à rire)

Ah! ah! ah!... Il est vrai que la main n'est pas gênée... Ah! ah! ah!

SALMONT

Vouéyans, mossieu nout' meître, i ne veudraie pas qu'o s'rait dit thi saie venut itchi pre rein... T'nez, dounez voutre moain. *(Ils se frappent dans la main.)* I vat mettre vingt pichtoles, vous va-to?... Vous veuyez bé thi saie bein à la reisan.

LE BARON

Vous mettrez bien trente-cinq pistoles et vous y ferez largement vos affaires. Croyez-moi.

SALMONT

Mossieu nout' meître, i'ai mis vingt pichtoles, ol est déjà de trop. Et créyez-bein que les affeires ne se fasant pas à la grond brassaie, coume vous v'lez bé dire. Quand la Saint-Michea arrive, o faut qu'o se trouve de l'argeont dons la tirette pre vous pouéyai, vous ne vous émouéyez pas si les r'coltes sant bein russies, si i'avant ayu daus bus, daus j'monts de crevais, coume les gorets, ol arrive s'vont que toute la gorounaie est pardue... Au lieu d'allaie en avont o vat en arre, vous veuyez... I ne mettrai pas in sou, ma grand foué damnaie.

LE BARON

Que vous savez bien faire vos affaires.

SALMONT

Ah! vous au d'sez, vous, mossieu nout' meître!

AUGUSTE

Voyons, il faut que vous mettiez vingt-cinq pistoles, père Salmont. N'est-ce pas, mon oncle?

LE BARON

Eh bien!... eh bien! je ne dédis pas mon neveu... Si cela vous vat, c'est une affaire entendue.

SALMONT (il fait mine d'hésiter)

Iach!... Hum!... faut bé qu'ol en finisse apparamont.. Hum!... quand la boune fame o sarat... hum!... all' m'arracherat les deux œuils.

Mais vous nous f'rez refeire la gronge, trejou. C'est qu'all' ne teint pu d'bout.

LE BARON

Eh bien ! eh bien ! on la fera reconstruire.

SALMONT

C'est ça ! Qu'o seige le pu tout possihlle, ol au mettrat in p'tit en ordre pre thielle noce. Coume i mariant nout' feil Jacques, i s'rant bein contont qu'o seige rebati. O s'rat pu propre.

LE BARON

Ah ! vous allez marier Jacques ?

SALMONT

Voui, mossieu nout' meitre. I saie venut vous en faire part en même temps. Les accords sant prêts à se feire.

LE BARON

C'est bien !... C'est bien !... Allons !... Allons !... C'est un bon parti, sans doute ?

SALMONT

I vous en réponds, mossieu nout' meitre, qu'ol est in ban parti. Ol est ine feille unique, voyez-vous.

AUGUSTE

Et comment l'appelez-vous ?

SALMONT

Suzon Chauvinelle. Ine belle droleisse otout, ma foué. All' rechte à la Moulinette, à ras de chez nous.

Et su thieu, messieurs, i vous invite à v'ni au fuchtin... Ol est sons façan, vous entendez.

LE BARON

Merci de votre bonne invitation, père Salmont.

SALMONT

Et messieurs, i vous garontis qu'ol est pretont de ban thiœur, allez.

LE BARON

Je vous crois, père Salmont. Mais pour moi, la distance est un peu trop grande. Je n'ai plus mes jambes de dix-huit ans, voyez-vous.

Maintenant, si vous voulez m'en croire, nous passerons dans la salle à manger.

SALMONT

Ma foué, in ban croustan ne me ferait ja de maue à l'estoumac, à moins.

FIN DU TROISIÈME ACTE.

LA CÉLÉBRATION DU MARIAGE

De Jacquet SALMONT avec Suzon CHAUVINET

QUATRIÈME ACTE

1er Tableau : DEVANT M. LE MAIRE

La scène se passe à la mairie de la commune des Égrinats.

PERSONNAGES :

1. LE MAIRE ; — 2. LES GENS DE LA NOCE.

SCÈNE PREMIÈRE. — *(Lever du rideau.)*

LE MAIRE

Tenaue d'bout tretous :

— Le marié et la mariée sont-eils itchi ?

— Voueil bé.

— Le père et la mère de la mariée sont-eils itchi ?

— Voueil bé.

— Les quatre témoins sont-eils itchi ?

— Voueil bé.

— Ma jene feilie, consentez-vous à preindre pre vout' houme le jene Jacquet Salmont ?

— l'au vau bé.

— Et vous, mon jene garçan, consentez-vous à preindre pre vout' fame la jene Suzon Chauvinelle ?

— l'au vau bé mé otout.

— Vous autres, les paronts daus deux coûtés, consentez-vous à douné vout' feillo et vout' garçan en mariage l'un pre l'autre ?

— l'au velons tretous, hein.

7

— En supséquation, foi de quoi de la loi et de la volonté dau roy et dau meire de la coumune daus Egrinats qui est itchi d'bout, présont davant vous, prenaue la moain et o sera fait.

Les paronts, les amis, les témoins, sinez les papaies, tretous.

LE CODE

— Mademoinselle, écoutez la lesson de vout' meire :

Article 75,692. — Vous allez rontrer en mouénage, o faut beacot de semissian pre vout' houme, o ne faut pas feire l'ontêtaie, peu o fedrat le segre pretout voure le veudrat vous emmenaie, fedrat eitre bein avenonte, bein greyonte, bein devartissonte pre li pliaire.

Article 396,831. — De san coûté, vout' houme vous deit tout ce qu'o vous faue dons le mouénage.

Article 1, 2, 3, 4, 5, jusqu'à 24. — Peuplez selon le liméro; ne craignez poué vout' peine, car si vous avez tout plien de quenailles, o ferat daus bregeaies et daus bregères et daus labouroux pre onsemoncé la teirre.

Les feilles filerant la queneuille pre feire daus linceaues et daus napperons, tout thieu ol est ban dons le mouénage.

Enfin, travaillez bein avec courage, le matin, le tantout, le sair, la neut et le jour, et pensez à fécondai la teirre.

Après cette lecture, M. le Maire chante : *Quant o faue se marier.*

QUANT O FAUE SE MARIER

Quant o faûe se ma-ri - er, Que l'grond jour est ar-ri - vé,

A la mai-rie l'on va tout drcit Se plia-cé d'sus d'aux ta-bou - rets.

Le jeu-ne coublle s'est ap-pro-ché, Le maire de-mande au ve-laûe bé: Veuy-

ons, jeun' hou-me, t'es le pro - mé, Dis si thiell' feill' est à ton

gré, Dis si thiell' feill' est à ton gré. Vouell', mos-sieur l'maire, a

m'grey - e, Yai tre-jou fait l'a-mour, Peur mé i n'aim' que thiel-le, peur

elle i n'dors ni neut ni jour, Peur elle i n'dors ni neut ni jour.

II

Et té, jene feille, leve-te tout dret
Preind toun' applian sou ton bounet
Davant m'sieu l'maire o faut levé
Ta teite garnie d'flieurs d'orangé
Ah! à tan tour l'aimes-tu bé
Thlau que t'aras à tan couté
Consons-tu bé à preindre Jacquet
Pre dormi su le meime chebet (bis).

REFRAIN

(La mariée)

Voueil, mossieu l'maire i l'aime
N'y a qu'li pre feire mon bounheur
Quant le v'nait au chomp aux oueilles
Le m'sarait su son thieur (bis)

III

Eh bé ! pisqu'ol est de meime
Tous deux prenaue la moain
Et le marché teindra bein.
De mon grond livre i n'ai ja b'sein.
Péres, méres, à vout' tour approchez
Disez vout' nam, si o vous plieit
Uvrez la goule, vous dépéché
O s'rat in mariage bein réglié (bis).

REFRAIN

(Les parents)

Ma foué n'allan poué cantre
Pisqu'o lau plieit à tous deux
L'sont ja de mauveise avenonce
Et l's'ront poué malhureux (bis).

LE MAIRE

Mes infonts i souhaite que vout' mariage seige ban et que vous fasiez ine boune unian.

(Les mariés ensembles)

I vous remarçions m'sieu le maire
De tous vos compliumonts
Car c'est bein salutaire
D'aveir de si bans sentimonts (bis)

(Réponse du maire)
De tont de requouneussonce
Ça m'touche au fond dau thieur
Consarvez voutre intelligeonce
O vous porterat boun heur (bis)

A. MÉTIVIER.

2ᵉ Tableau : LA NOCE, LE FUCHTIN

La scène représente une grange où l'on a aménagé des tables et des bancs pour recevoir les invités de la noce.

PERSONNAGES :

1. MARIETTE, cuisinière ; — 2. L'oncle COLICHET ; — 3. INVITÉS.

SCÈNE II. — *(Lever du rideau.)*

Mariette, la cuisinière, apprête le repas.

L'oncle Colichet rentre avec une anse de piche à la main.

COLICHET

Ah ! ma paure Mariette, quand tu me parles thi ai bé cassai la grond piche.

MARIETTE

T'as cassai la grond piche ?

COLICHET

Et voueil ! all' est cassaie, ma grond foué damnaie.

MARIETTE

Et avait-o dau vin d'dons ?

COLICHET

Et all' était toute raide plieine.

MARIETTE

Et coumont as-tu fait tan campte, danc ?

COLICHET

Bah ! i'en saie en colère... Emagine-te danc thi sortaie dau chai, thiau grond bougre de chein, Patte-Rousse, s'est mis à me jappaie, l'était contont de me veure faut creire. Le se dressit tout d'bout, san musea à ras ma goule. Le me fasit ine pou thi en ai fait le détrevirou... Ah dame ! o ne monquit pas la piche : all' se partagit au moins en cinquonte mourceas et la coue me rechtit dons la moain... Ta ! veut-tu !

Mais, à la fin dau campte, tompis pre la piche et le pichet.

MARIETTE

Enfin !... Trejou n'on dit que pre que les mariages séyant bans, qu'o faut qu'o se casse thieuque chouse à la meisan.

COLICHET

Eh bé ! o ne pout pas meux se trouvaie. Tout ce thi m'ennuye, ol est que le vin thi était d'dons est pardut... Mais i'aime meux qu'o seige de meime qe si o m'avait cassai la palette dau geneuil... T'au creit bé, trejou ?

MARIETTE

Ah ! bein sûr qu'o vaut jolimont meux.

COLICHET

Et i'araie pas peyu donsaie... Et o faut bé thi ange veure si la pinette de la barrique est bé tappaie otout, ta !

MARIETTE

O ne monquerait pu que thieu, avoure, qu'all' ne s'rait pas tappaie.

Colichet s'en va.

SCÈNE III.

MARIETTE   (s'impatientant)

· Le mettant bé longtomps à v'ni... *(Elle regarde à la porte.)* Rein ne vint... Le fricot s'ra freid si le venant pas beintout.

Ol est bé dau vreis mariaies, thieu... Dépeu sept heures à matin que le sant partis, le d'vant eitre bein mariai, voueil... L'avant ayu le tomps d'en feire daus tornaies et daus viraies.

Et prevu que l'ayant pas marché su la mauveise harbe..· O s'rait bé le pu jolit, thieu, et que l'arriveriant qu'à la nègre neut...

Thi sait coume ol est... Ah ! le tomps me dure...

(Elle appelle.) Dis danc, Colichet !.... Colichet !... Eh ! Colichet !...

COLICHET

Aie !... Qu'at-o ?

MARIETTE

Va danc dons le fourniou, t'apporteras les tourteas et les galettes beuraies. Tu les mettras dons n'in panaie.

COLICHET

Tout de suite. I vat i allaie veure.

MARIETTE

Mais c'est que n'on ne veut rein, on n'entond rein... C'est-o daus vire-langs, ça... Ah ! tant pis pre z'aues, le meingerant freid, apparamont, le meingerant freid.

SCÈNE IV. — *(Colichet rentre avec un panier.)*

COLICHET

Ta ! en v'lat, et daus beas et daus bein russis. R'garde-danc coume le sant jolits.

MARIETTE

Ol est vrei que le sant beas, et le d'vant eitre bans, otout... I'en avant mis dau heurre et daus us, voueil !... Ah ! qu'ol en faut daus affeires pre thiés noces.

COLICHET

Thieu, i'au creit. N'on ne fait rein de rein.

MARIETTE

Dis-danc, as-tu ontondu v'ni la noce ?

COLICHET

I creit bé que le sant vers la Chaume-Pelaie. I'ai ontondut la cliéri-nette... Ah ! le d'vant pas tardai à arrivaie.

MARIETTE

Veuyans, veuyans, ol at bé tout ce qu'o faut tchi, pretont.

COLICHET

Ma foué, o m'est avis que rein ne monque... De la meingerie o n'at, de la houérie o n'at... Le peuvant v'ni.

Sur ce mot la musique commence à jouer.

MARIETTE

Ecoute... écoute... I les entonds... Ta ! les v'lat... Ah ! les v'lat bé de thiau cot, i'entonds les miousiques... Thi enge les veure arrivaie, trejou.

SCÈNE V.

COLICHET . (reste seul, faisant ses réflexions)

Hum ! thiés fames, et thiés mariaies danc !... All' sant bé tretoutes pareilles... All' feriant bé thiinze kiloumètres pre veure passai ine mariaie.

En attondont, o faue thi preinge moun' avonce, mé, trejou... Thiés · jenesses o ne preind pas le tomps de meingeai pr'allaie donsaie.

(Il se met à table.) Attonds thi coumoince... l'ai trejou attondut, et coume i'ai les donts si chétives, le seriant hé sortit de tablle thi arait pas core coumoinçai à meingeaie.

Il boit, il mange avec hon appétit (goulument).

Deux minutes après la noce rentre en scène, fait deux fois le tour de la table avec clarinette et violon en tête.

On chante au son de la musique.

SCÈNE VI.

Avant de se mettre à table le marié et la mariée vont embrasser l'oncle Colichet.

LA MARIÉE

Eh bé! m'n'ancle, qu'men vat-o?

COLICHET

Ah! i saie jolimont meux thi était tout comptant, va.
Doune thi te bige, ma paur' droleisse... Ah! paure feille, va... Doune
thi te fasse in poulet, cher bec megnion.
I saie pu avóncé que vous autres, mé, t'nez ; o qu'moince à bein feire.

LA MARIÉE

Eh! m'n'ancle, vous avez bein fait.

COLICHET

Allans! mettaue à tablle, i'irai vous tiraie à bouère, mé, appraie.

Aussitôt Papotte et Mariette entonnent la chanson : *Avant de se mettre à table.*

AVANT DE S'METTRE A TABLLE

A - vant de s'mettre à ta-blle, faûe bé l'en-cou-ra-geaie, El-

le qu'est si ai - ma-blle, Tre - tous o faûe chon-taie, Ta - li-

rou ma - la-don-dai - ne, Ta - li - rou ma - la - don - dé, Ta - li-

rou ma-la-don-dai - ne, Ta - li - rou ma - la-don-dé.

II	III
Elle qui est si aimablle	Que l'aime trejou sa fame
Tretous o faut chontaie	Noutre bea marié.
Que l'aime trejou sa fame	Et mettons-nous à tablle
Noutre bea marié.	Pre bouère à lau santé.

On se met à table et Mariette s'occupe si tout le monde a ce qu'il faut.
On mange assez vite.
Un instant après Colichet se trouvant pris de boisson se met à chanter en titubant :
Serans-nous trejou grenouilles — Bouèrans-nous trejou de l'eau, don do.

LE REPAS DE NOCE

BOIRONS-NOUS TREJOU DE L'EAU

A la no-ce on se bourre, On s'ar-rouse bein coum' o faûe.

Refr.

Se-rans nous tre-jou gre-nouilles, Boi-rons nous tre-jou de l'eau,

don - do.

II	III
O faue que chacun se débrouille	Verse, verse danc ma boune
Pre qui bouèvant tous les tonneaux.	De thiau jus qui me teint le thieur chaue.

A. MÉTIVIER.

PAPOTTE

L'a poué trejou bediu de l'eive, le boun'houme.
O qu'moince à bein feire.

Mariette se rapproche de Colichet et lui recommande de ne plus boire.

MARIETTE

Colichet!... Colichet!... Ecoute.

COLICHET

Eh bé! danc.

MARIETTE

Creit me danc, ne bouet danc pu... T'avaie bé dit que tu tireraie à bouère... Vas-y danc, o te ferat dau bein de te peurmenaie ine goulaie.

COLICHET

T'as reisan, ta... Doune la piche.

MARIETTE

Ta, te la v'lat. Preinds garde à pas la cassaie et tappe bein la pinette, trejou.

COLICHET (il va tirer à boire en chancelant)

Voueil, voueil.

SCÈNE VII.

MARIETTE

Ah! mes bans meindes, thieu ne s'rat rein voueil... Ol est que l'at meingé trop vite, ol li at maché le thiœur, veuyaue.

RINGEARD (maire de la commune des Egrinats)

Ah! Mariette, thieu ne s'rat pas grond chouse, va... Chontez, chontez danc en attondont.

MARIETTE

A vous l'houneur, mossieu nout' meire, à vous l'houneur.

LE MAIRE

J'en dirons une beintout, laissons chonter thiés jenesses.

LA MARIÉE

O faue que tonte Papotte quemoince. Allans ma tonte Papotte, chontez la premère.

PAPOTTE

I'o vaue bé, feille, pre te feire pllaisi.

TREMPE LA SOUPE

Lent.

E-cou-tez donc, bel-le ma-ri-é-e, E cou-tez donc, bel-le ma-ri-é-e,

La boun' le-çon que j'vous don-nons, Pour vo-tre vie vous ê-tes lié-e,

Pour vo-tre vie vous ê-tes lié-e, A-vec ce-lui qui vous aim' tant.

Dans le mé-na-ge, bel-le Su-zon, Faut fair' la sou-pe à son me-gnion.

Trem-pe, trem-pe, trem-pe la trem-pe, Trem-pe la soup' à vout' fa-çon,

Trem-pe, trem-pe, trem-pe la trem-pe, Trem-pe la soup', le la meing'rons.

II

Dans le mariage o faut s'aimer (bis)
Pour qu'ol alle bein dans voutre unian
Feudrat marchaie ban gré mal gré (bis)
Pas craindre sa peine assurémont.

*Colichet rentre et chante au refrain en
se cadençant avec son pichet.*

III

Si daus quenailles vous n'avez (bis)
Faut eitre boune mère à ses infonts
De grond matin feudra se lever (bis)
Etre la première de la maison.

IV

Nous v'zavant dit belle mariée (bis)
De nos conseils tous les pus bans
Et que toutes les feilles de la cantrée (bis)
Retenons bein cette chanson.

REFRAIN

Allans les feilles mariez-vous danc
Pre feire la soupe à vos megnions
Trempe, trempe, trempe la, trempe
Trempe la soupe à vout' façon
Trempe, trempe, trempe la, trempe
Trompe la soup', le la meing'rons.

A. MÉTIVIER.

COLICHET

Ol est bein dit ça, Papotte, ol est bein...
O faut thi chonte la meine otout, ta...
Il chante en titubant.

TIRE LA COUVARTE

Allegro.

Rein que d'son geai coum' o m'chauf-fait, Un lend'-moain d'noc'

plus lent

qui me ron-daie, Le thieur blu chaue, qu'la têt' pi bo-laie, D'un cou-té d'laûtr'

i tri-co-laie. Dans mon lit i me cou-chit', a-vec la cou-vart' al'

Refr. and^te

m'a-bre-git. Ah! fem-me, tir' la cou-var-te, tir' la cou-vart' o

and^te

pé dau lit. Ah! fem-me, tir' la cou-var-te, Ti-re la cou-var-te

var-te var-te var-te, ti-re la cou-varte au pé dau lit.

II

Dans ma paure teite ça me brassait
I'étaie malade qu'o m', qu'o m' crevait
Sans ceisse i tournaie i m'viraie
Thielle couvarte thi m'étouffait
Dans thiau lit i n'peuvait dormi
Et tout donssait qu'o m'était avis.

III

V'la qu'au moument qui m'endormait
Ça me piquait, ça me fremigeait
Pre sûr daus puces ol y en avait
Presque tout mon grond plien bounet
Dons thiau lit i n'peuvait ja dormi
Au diable tes puces, ma Jeanne, thi d'sit.

IV

Apraie deux jous me réveillaie
I ne savait rein voure i'en étaie
Pre me refeire i bouevit dau lait
Ah! de thielle noce i m'on s'veindraie
V'la ce qu'o coute mes bans amis
De trop bouère o vous met au lit.

REFRAIN

Ah! fame, tire la couvarte
Tire la couvarte qui sorte de thiau lit
Ah! fame, tire la couvarte
Tire la couvarte, varte, varte, varte
Tire la couvarte qui sorte de thiau lit.

A. MÉTIVIER.

LE MAIRE

Eh bé! Colichet, n'on peut dire que c'est ine boune chanson, ça.
Faut bouère à sa sonté.

COLICHET

Et la sonté de la mariaie et dau marié otout.

On trinque et on boit.

COLICHET

Mossieu nout' meire, à vout' tour.

LE MAIRE

Je veins de chonter avec té, tout comptant.

COLICHET

I ne vous ai pas entondut, mé. Faut n'en dire ine vous otout, mossieu
nout' meire.

LE MAIRE

Eh bé! tu n'en s'ras pas dédit. Je m'en vat en chontaie ine boune.

COLICHET

C'est ça, c'est ça, à la boune heure.

Le maire chante : *Le Paysan de la vieille Roche.*

LE PAYSAN DE LA VIEILLE ROCHE

De m'ma-rier ol y   at thiinze ons, l'o-guit la fon-tei - si - e,

Mais i   ne char-chit ja long-temps   ine fliaude bein as - sor - ti - e.

Ah! o m'en sou-vein-dra la li - ra, de thielle fon-tei - si - e.

II	III
Dars une ballade i l'avisit,	All' avait daus jolis p'tits œils
Dans un soula d'fumelles	La pea dau front luisonte
Dès qui la vit all' me piésit	Une belle grande goule qui fiérait l'ail
Tant qui la treuvit belle.	Et la voix bein raudonte.
Ah! o m'en souveindra la lira,	Ah! o m'en souveindra la lira,
Tout me greiyait en elle.	Coume all' était av'nonte.

IV

All' avait un d'vantaue d'coton
Une coueffe bridaie
All' portait avec trois cot'lions
Large coume la tour carraie.
Ah ! o m'en souveindra la lira,
Qu'all' était bein nippaie.

V

Pre ses cot'lions i la tirit
Pre donsé la couronte
Et gui-yiou-yiou et vreuille itchi
All' était toute suyonte.
Ah ! o m'en souveindra la lira,
Coume all' était charmonte.

VI

I la tirit dons in p'tit coin
Pre li cantai m'n'affeire
l'ouvrit la goule o n'sortit rein
All' n'somblit ja s'en feire.
Ah ! o m'en souveindra la lira,
All' n'fasait poué la fiére.

VII

Après i la prenit pre les deits
I li torsit les pouzes
Et i li trepit sur les arteils
Sans qu'all' dissit grand chouse.
Ah ! o m'en souveindra la lira,
All' n'était frenicliouse.

VIII

Cour' i vit qu'all' o prenait bein
I li dissit qui t'aime
S'tu vaue i mélerant nos trains-trains
Piarre, i'ou vaut bé tout d'meime.
Ah ! o m'en souveindra la lira,
Coume thieu me brassit la teite.

IX

Qu'est-to qu'a fait thielle chanson
Thielle chanson nouvelle
Eh marme, ol est in ban garçon
Daus environs de Melle.
Ah ! o m'en souveindra la lira,
De thielle chanson nouvelle.

LE MARIÉ

Mossieu nout' meire, tous mes compliumonts ; vous chontez de premère.

Allans ! les musiciens chontez, à vous autres.

LA MARIÉE

Voueil ! o faut que les violons chontont... Allans ! les meindes, o faue donsaie, avoure.

LES INVITÉS

Voueil ! voueil ! à la donse ! à la donse !

Plusieurs invités emportent les tables en chantant et aussitôt la grange libre les musiciens montent sur leur estrade et jouent des airs de danses.

1° BAL

Allegretto

2° COURANTE

3° CHASSE A QUATRE

Après les danses tous les invités chantent *A la noce dau bea Jacquet*, et à deux reprises le refrain *Mon grond'-père m'ach'tit in coutea.*

A la Noce dau bea Jacquet *(ronde).*

Allegro.

A la no-ce dau bea Jac-quet, A la no-ce dau bea Jac-quet, O n'mon-quait

Ja de thiau vea d'lait. Don-dai-ne ma don-dai - ne mé, don-dai-ne ma don-dai-

ne, Don dai - ne ma don - dai - ne mé, don - dai - ne ma don - dai - ne.

II
O n' manquait já de thiau vea de lait (bis)
Et daus gorets tant qu'l'on en v'lait.

III
Et daus gorets tant qu'l'on en v'lait (bis)
Daus poumes de teirre et daus canets.

IV
Daus poumes de teirre et daus canets (bis)
De thielle boune miche on en meigeait.

V
De thielle boune miche on en meingeait (bis)
Dau ban vin rouge n'on en bouèvait.

VI
Dau ban vin rouge n'en en bouèvait (bis)
Bé tant que l'oreille en subliait.

VII
Bé tant que l'oreille en subliait (bis)
Après le ringal o f'lit chontaie.

VIII
Après le reingal o f'lit chontaie (bis)
Et d'ssus la chaume o f'lait donsaie.

IX
Et d'sus la chaume o f'lait donsaie (bis)
Mais tous les garçans étiant av'sraies.

Mon grond'-père m'ach'tit in coutea *(ronde).*

Allegro.

Mon grond'-pè - re m'ach'tit in cou - tea, î - ne ta - ba - tè - re,

un mi-rou de bois. O faûc dau   viou-ches pre fair' un me-lou ; de la bour-

dai-ne est en - cor meil-lou.

Après les rondes on fait la badaie, ou le yiou jou, jou, jou, et le rideau tombe.

FIN DU QUATRIÈME ACTE.

Le rideau se relève et Catheline Chauvinet apparaît avec sa quenouille et résume en vers : LA VIE
D'UNE FEMME DE PEISAN.

LA DANSE

LA VIE D'UNE FEMME A LA CAMPAGNE

ou

TRISTE SORT D'UNE FEMME DE PAYSAN

Paur' veille Ringearde, chez nous in saie de veillaie,
All' nous cantait qu'ol était dur d'eitre fame de peisan,
Et n'on peut au dire, o ne finit jameis toutes les viraies,
Faut talbotaie dépeu janvier jusqu'au premé de l'an.
Trejou pre pliace, de grond matin jusqu'aprés veillaie.
Et que dire, que feire, faut bé arrêtaie pretont.
Voueil, mes bans amis, vous peuvez au creire,
De tout thieu o n'est ja daus cancans.
C'est bein triste sort, allez, d'eitre fame de peisan.

Faut avaie la s'missian, et daus quenailles pas putout mariaie,
Pre sûr, faut poué cantaie d'avaie tous ses agrémonts.
Mais si o n'avait que thieu, n'on peurrait bé i accottaie.
Faut thiusinaie, jençaie la pliace, feire tout le train d'la meisan.
Dès l'écliarcie portaie les chaudères, douné la brenaie aux goreas,
Preindre les jalons, traire les chebres, les vaches et les menaie au chomp.
Quand n'on reveint, toute terrailleuse, n'on ressomble in vrei patrouillet.
Dons thiés cours, dons le fumé et les égails, est-o étounont.
Queu triste sort d'eitre fame de peisan.

Quand les fauches et les métives sont arrivaies,
Faut portaie la soupe et le migeot dons les chomps.
Bein s'vent, si ol est trop tard, n'on est gremelaie.
Pretont, n'on est trejou chargeaie pis qu'in hérissan.
Ol est le cas de dire, n'on raballe, o faue trejou trottaie,
Nous autres, trejou le feix au cou en toutes saisans.
Ieh! si les gas veuliant, le peurriant bé nous soulageaie.
Mais l'ou v'lant ja; o n'y at pas de dongeaie, nan; l'ont jameis le tomps.
Qu'eu paur' sort d'eitre fame de peisan.

Quand les grousses gorettes fasant mine, qu'all' sant gorounaies,
Forçaie de passai les neuts sans guitté ses habeuillemonts.
Tout plien de cots en se couchant, all' peurriant bé en affougeaie.
Eh bé, faut-eitre thi pr' in cot, pre les feire tetaie de rong.
Ça vous cheut su les œuils ; quand le jou arrive, on est venaie.
Ol est jolimont trop de peine, o fait passaie tout son tomps.
Durant deux et trois s'manes, sans peuvaie se couchaie,
N'on at trejou le roumail, n'on est rein dons s'n' apliomb.
Ah ! chein de sort d'eitre famc de peisan.

Pre feire les boulingeries, o met hors d'haleine pr'ou brassaie,
Feire les tourteais, les galettes et thiinze grous pains ronds,
Jeindre les fagots, chauffai le four, tiraie la breise,
Enfournai le pain, racliai la met, pliaçai les palissons.
Quand ol est fini, on est toute à la nage, esquintaie.
Voueil, nous autres, faut avaie de dur tompéramont.
Ieh ! une baiete en crev'rait d'attrappaie de pareilles suaies.
Bein dau feits si n'on s'plien, ol est bé avec reisan.
Euch ! train de chein d'eitre fame de peisan.

Aus'tout la S'-Michea rondue, les chareuils faut allumaie,
O faut petassai les chausses, bein s'vent qu'all' n'ont pas de talons,
Pr'en feire daus nues, ol est tchi qu'o faut tricottaie,
Faut s'ézinaie, et pas châ p'tit, c'est qu'ol at autre chouse thi attond.
Et trejou faut la preindre, thielle queneuille pre filaie.
O n'veint jameis de bout, au diablle la toueille et les napp'rons.
N'on sait bé qu'ol en faue, mais ol est de trop dure corvaie,
Ça vous étire la potreine, à peine si n'on peut crachaie ; c'est rein de ban.
C'est-o de triste sort d'eitre fame de peisan.

Quand n'on vat au marché, ol est là que n'on est chargeaie ;
Les poules, les poulets, les canes, les canets, ol est ça thi est pesont,
Les fremages, le beurre, les us, n'on v'drait poué les cassaie.
N'on porte tout san feix, dons daus chemoius tout à cru, à chiron.
Quand n'on est rondue, la chemise est bein reide mouillaie.
Itchi, avoure, o faut sogaie ; heum ! n'on trouve le temps long.
C'est qu'o ne faue rein bougeaie, à sa pliace o faut rechtaie.
Bein s'vent l'hivar, n'on creve de freid, n'on attrappe daus geurnuchons.
Ah ! c'est hein triste sort d'eitre fame de peisan.

Quond n'on est à la ville, on est bé tchiurieuse à thiés croisaies,
Ol est tchi que n'on veut daus bein reides belles meisans,
O ne monque poué de belles affeires que n'on peut ja avaie.
Sèque si n'on v'lait se creire, n'on mettrait toute sa goulaie d'argeont.
Et le pu jolit; ol at daus freluthiets, de nous autres le fasant risaie,
Le d'sont thi sont coume daus pithiets à tchiés d'ventures daus heures
Y creit qu'à lau dire, le nous trouvant rein déluraie.   [de tomps,
Le grond malheu, faut creire, de ne pas avaie l'instructian,
Et bein triste sort otout d'eitre fame de peisan.

Les houmes sant jolimont meux, z'aues, et n'on peut en parlaie;
Que n'on dise ce que n'on veudrat, l'en savant trejou les pus lang.
L'allant aux fouères, aux marchés, bouère les chopines et se ribottaie;
Et ol est trejou bein neut, au sair, quand l'arrivant.
Si n'on vauc dire thieuque chouse, tout plien parlant de vous calottaie.
Le fasant daus trains, thiés groumonds, à feire sounai les poëllans.
Voueil, nous autres, paur' fumelles, apraie s'eitre bein reide demenaie,
N'en attrapperait daus cots, à moins ; c'est ça thi n'est poué sousséyant.
C'est de bein paur' sort, allez, d'eitre fame de peisan.

Ol est pretont bé la vérité, que tout plien ne v'driant ja creire.
Nout' sort est rude, voueil, faut bé dire, la vie en dépend.
Ah! dons thiau meinde, allez, chacun at bé sa p'tite malette à portaie :
Les dames daus grondes villes, coume les fames de peisans.
Ieh! mariaue danc, les feilles, tretoutes n'on at sa destinaie.
Thiés qui sant les pus heureuses, ol est quand rein monque à la meisan.
Mais prenez in jolit houme, ban garçon, thi eige ine boune renoumaie
Et thi arat de bans éthius, ne seiyez poué à façan.
Pre mé, i creit que le sort en s'rait ban, d'eitre fame de mossieu ou fame
                                                    [de peisan.

                                        A. MÉTIVIER.

Melle. — Imp. de Ed. Lacuve.

www.ingramcontent.com/pod-product-compliance
Lightning Source LLC
Chambersburg PA
CBHW060458260626
47161CB00005B/2156